Das Buch

»Es ist wie eine Serie von knatternden Feuerwerkskörpern beim chinesischen Neujahrsfest oder das Rattattattat eines Maschinengewehrs. Fast kann ich den Pulverdampf riechen. So sind meine Orgasmen mit dem Killer: die Al-Capone-Klimax.« Sie ist jung, lebt in New York und führt ein Leben entschlossener Promiskuität. Bei ihren erotischen Abenteuern bevorzugt sie einen sizilianischen Gangster und einen Multimediakünstler, weniger ihren Ehemann (den vergißt sie gern mal), und dann ist da noch einer: der Mann ihres Lebens ...

Die Autorin

Binnie Kirshenbaum lebt und arbeitet in New York. Bisher hat sie Kurzgeschichten und einen weiteren Roman veröffentlicht. Auf deutsch liegt der Erzählungsband ›Ich liebe dich nicht und andere wahre Abenteuer‹ (1994) vor.

Binnie Kirshenbaum:
Kurzer Abriß meiner Karriere
als Ehebrecherin

Roman

Deutsch von Barbara Ostrop

Deutscher
Taschenbuch
Verlag

Von Binnie Kirshenbaum
ist im Deutschen Taschenbuch Verlag erschienen:
Ich liebe dich nicht
und andere wahre Abenteuer (11888)

*Für Maureen H.,
mit Dank*

Deutsche Erstausgabe
Februar 1996
4. Auflage September 1996
Deutscher Taschenbuch Verlag GmbH & Co. KG,
München
© 1994 Binnie Kirshenbaum
Titel der amerikanischen Originalausgabe:
›A Disturbance in One Place‹
(Fromm International Publishing, New York)
© 1996 der deutschsprachigen Ausgabe:
Deutscher Taschenbuch Verlag GmbH & Co. KG,
München
Umschlagfoto: Tony Stone
Satz: IBV Satz- und Datentechnik, Berlin
Druck und Bindung: C. H. Beck'sche Buchdruckerei,
Nördlingen
Printed in Germany · ISBN 3-423-12135-1

Mein Bruder bat die Vögel um Vergebung; das mag unsinnig klingen, doch es ist richtig; denn es ist alles wie der Ozean, alles fließt und berührt sich; eine Erschütterung an einem Ort verspürt man noch am anderen Ende der Welt...

Fjodor Dostojewskij
›Die Brüder Karamasow‹

Inhalt

Eins

So wie Frank singt 11
Brooklyner »Ts« 14
Der Kuß eines Engels 18
Kreuzen Sie das zutreffende Kästchen an 23
Bettenmachen 27
Erwachen 31
Vergebung 36
Eine Adresse 42
Kurzer Abriß meines Werdegangs 46
Alte Liebe rostet nicht 54
Das Fasten brechen 63
Ein Jude sollte nicht für Deutsche schwärmen 67
Ehebruch für Eingeweihte 74
Söhne ungemein wohlhabender Männer 78
Schuldig wie die Sünde 85

Zwei

Der einzige Sohn 93
Drei verschiedene Tüten 98
Buch führen 104
Mit den eifersüchtigen griechischen
   Göttinnen fängt es an 110
Noch ein Verbrechen aus Leidenschaft 115
Ein Blick für das, was gut aussieht 119
Maria Magdalena & Co 122
Nachmittagsvorstellung 126
Die Extreme kennen 129

Dieses kleine Dialogstück 133
Sieben Hungergeschichten 137
Auf Distanz 144
Eine andere Art Hunger 149
Nadelöhr 152

Drei

Den Körper verlassen 157
Ein Gleichnis 161
Spieglein, Spieglein 164
»Warum« ist eine gute Frage 168
Teil meines anderen Lebens 172
Haare schneiden 177
Unter ägäischem Himmel 180
Nachrichten auf dem Anrufbeantworter 187
Das Innere des Knochens 191
Großmutter im Wolfspelz 196
Das Spiel mit den Vertraulichkeiten 202
Herzversagen 205
Schwarzweiß 208
Früh am nächsten Morgen 211
Den Kuß nicht geben 214
Alles geht vorüber 217

Eins

So wie Frank singt

Ich möchte laufen, Laufen als Sport betreiben, vielleicht Marathonläufe. Also kaufe ich mir Laufkleidung: Shorts, Tights und ein Lycra-Trägershirt. Außerdem ein Paar Reeboks und eine von diesen kleinen, ledernen Gürteltaschen, damit die wichtigsten Dinge wie Geld und Lippenstift immer zur Hand sind.

Zum Laufen suche ich mir den Washington Square Park aus. Eigentlich nicht, um darin oder querdurch zu laufen, sondern um ihn herum. In der Dämmerung, als der purpurrote Himmel die Nachtkühle ankündigt und eine kurze Erholung von der Augusthitze verspricht, gehe ich hin.

Er lehnt am Pfahl eines Stopschilds an der Nordostecke des Parks. Er trägt Schwarz, aber auf eine andere Art als all die jungen Punks, die in zerrissenen T-Shirts und zerfetzten Jeans auf dekadent machen. Seine Kleidung ist schick und sticht ins Auge. Leichte Gabardinehose, ein zweireihig geknöpftes, sportliches Leinenjackett. So sahen früher die Gestalten der Unterwelt aus; er wirkt wie ein Gangster, ein Dunkelmann. Zwischen seinen Füßen steht eine Aktentasche, und ich nehme an, sie ist mit Bündeln knisternder Geldscheine gefüllt, mit Heroin, oder einer Pistole mit Schalldämpfer: das Werkzeug eines bezahlten Killers. Als ich näher komme, sehe ich, wie er mich anschaut. Er folgt mir mit den Augen, und als ich vorbei bin, fühle ich seinen Blick im Rücken.

Bei meiner zweiten Runde um den Park ist er vorbereitet. Zwischen den Lippen hat er eine Zigarette, die nicht brennt. Sein Blick fängt den meinen auf, und er deutet mit Gesten das Anzünden eines Streichholzes an. Nun weiß jeder, daß Jogger nicht rauchen. Neben ihm, zwei Schritte weiter, rauchen zwei Halbwüchsige Marihuana. Die hätte er um Feuer bitten können. Aber bei meinem Geld, dem Lippenstift und einem Päckchen Players liegt zufällig auch ein Streichholzheftchen.

Als ich den Reißverschluß meiner Gürteltasche öffne, schaut er zu, als öffnete ich mein Kleid, als täte ich etwas Aufreizendes. Ich gebe ihm das Streichholzheftchen rüber, und er sieht es von beiden Seiten an.

Eigentlich könnte ich auch eine Zigarettenpause machen. Er zündet ein Streichholz für mich an und schützt die Flamme mit der gewölbten Hand. Wir stehen rauchend da, versuchen einander einzuschätzen, aber wir sprechen kein Wort. Sein steter Blick unter schweren Lidern hervor macht mich unsicher, bringt mich aus dem Gleichgewicht. Doch ich halte den Kopf hoch, das Kinn zeigt ein bißchen nach oben. Ich setze einen sicheren Blick auf, die Augen fest wie die seinen, und ich blase Rauchringe, damit er nicht auf die Idee kommt, ich könnte mich fürchten.

Meine Zigarette ist fast zu Ende geraucht, und ich lasse sie fallen, zertrete den Stummel mit meinem Joggingschuh und warte. Ich warte darauf, daß er etwas sagt, und er läßt mich warten. Noch eine Minute länger, und ich denke, *zum Teufel mit ihm*. Gerade will ich wieder loslaufen, da sagt er: »Ihre Streichhölzer.« Er hält sie so hin, daß ich sie nehmen kann. »Danke für das Feuer. Nett von Ihnen.« Seine Stimme, die Art, wie er spricht, wie er die Silben formt, die Konsonanten betont: Das kommt eindeutig aus Brooklyn. Elegant. Er spricht, wie Frank Sinatra singt.

Ich weiß jetzt, Laufen ist nicht der richtige Sport für mich. Es hat mir keinen besonderen Spaß gemacht. Die Kleidung ist unattraktiv, und die Erfahrung, ohne Ziel immer wieder um den Park herumzurennen, hat mich allzusehr an einen Hund erinnert, der seinem Schwanz hinterherjagt.

Trotzdem kehre ich in der Dämmerung zum Park zurück. Nicht zum Joggen, sondern in der Hoffnung, einen Fang zu machen. Ich halte nach diesem Mann Ausschau, dem Killer. Vielleicht finde ich ihn ja.

Er wird wohl kaum ausgerechnet dort sein, wo ich ihn vergangene Nacht zurückgelassen habe, an der Nordostecke des Parks. Ich bin aber nicht im geringsten überrascht, als ich ihn genau dort finde. Er lehnt am Stopschild, die Hände hinter dem Rücken. »Haben Sie ein Streichholz?« frage ich.

Er streckt die Hand aus, aber nicht, um meine Zigarette anzuzünden, sondern mit einem Blumenstrauß darin, so wie ein Magier, der aus einem Seidentuch oder aus der bloßen Luft Tauben hervorzaubert. Die Blumen sind rot. »So etwas habe ich noch nie getan«, gesteht er.

Die Sonne versinkt hinter dem Horizont. Die Nacht senkt sich herab, und wir gehen nebeneinander her. Es scheint, als wäre die Stadt verlassen, als wären er und ich die einzigen zwei Menschen auf den Straßen. Unsere Schritte hallen.

Wir stellen keine Fragen.

»Ich habe auf dich gewartet«, sagt er. »Mein ganzes Leben lang habe ich auf dich gewartet.«

Ich halte die roten Blumen fest in der Hand, und ein Wind kommt auf, ein warmer Wind, ein Sommerwind.

Brooklyner »Ts«

Es ist wie eine Serie von knatternden Feuerwerkskörpern beim chinesischen Neujahrsfest oder das Rattattattat eines Maschinengewehrs. Fast kann ich den Pulverdampf riechen. So sind meine Orgasmen mit dem Killer, die Al-Capone-Klimax, das Valentinstag-Massaker. »Ganz schön heftig geht's zu bei euch Italienern«, sage ich.

»Hey«, protestiert der Killer beleidigt. »Ich bin Amerikaner. Ich bin hier geboren«, aber angesichts der Umstände kann er eigentlich nicht allzu beleidigt sein.

Amerikaner. Er betrachtet sich als Amerikaner, genauso, wie der Vogel Strauß den Kopf in den Sand steckt und denkt, er sei unsichtbar. Er klammert sich an seine Selbsttäuschung, Brooklyn sei genauso ein Teil Amerikas wie Bay Ridge eine ländliche Region in Ohio und Flatbush eine Stadt mit einer Hauptstraße und einer Gemischtwarenhandlung. Aber wenn ein paar Jungs an einer freien Stelle unter der Straßenbahnbrücke mit Stöcken nach einem Ball schlagen, ist das nun einmal nicht das gleiche wie ein Baseballspiel der Little League.

Ich stütze mich auf den Ellenbogen und betrachte sein Gesicht. Seine Haut hat einen Olivton, er hat volle Lippen, und seine Nase – bei einer Frau wäre sie eine Katastrophe – ist riesig. Seine Brust ist stark behaart.

Er gibt mir einen Klaps auf den Po. »Wie wär's mit einer Tasse Kaffee? Möchtest du?«

»KaVf-fee«, ahme ich ihn nach, so wie er die Konsonanten hervorstößt, die Gs, Ds, Ss und insbesondere die Ts betont. Er fügt auch Ts da hinzu, wo gar keine hingehören, quetscht sie in Worte hinein, wo man sie nicht schreibt. Er sagt zum Beispiel *alTso* statt *also*. Er macht aus den Wörtern Jazz, gibt ihnen Rhythmus. Ist es da ein Wunder, daß mein Orgasmus ein swingendes Riff ist?

Er steht auf, um den Kaffee zu machen, aber bevor er in die Küche geht, zieht er seine Unterwäsche an. Rötlichviolette Unterhose und eines dieser gerippten, ärmellosen T-Shirts. Grobe, vulgäre, popelige, unerträglich romantische Unterwäsche.

»Wie steht's mit dir?« fragt er. »Möchtest du was überziehen, ein Hemd vielleicht?« Er schlägt vor, daß ich nächstes Mal einen Morgenmantel mitbringe, ein Hauskleid, sagt er, und hier in seinem Kleiderschrank lasse.

»Nein«, erkläre ich ihm, »ich bin entweder angezogen oder ausgezogen. Ich brauche keine Feigenblätter.«

Ich mag es, wenn ich nackt bin. Wenn ich Kleider anziehe, dann denke ich dabei immer ans Ausziehen. Ich trage Kleider, die nur von einem einzigen Verschluß gehalten werden. Ein leichter Ruck, einmal geistesabwesend gezogen, und schon öffnet sich mein Kleid und gleitet leicht und luftig von meinen Schultern – wie Herbstlaub im Wind. An mich kommt man leicht ran.

Ich trage auch niemals Blusen mit vielen Knöpfen, enge Jeans, Bodys, Schuhe mit Schnürsenkeln oder Stiefel; auch benutze ich zur Verhütung kein Diaphragma. Slapstick will ich vermeiden.

Als der Gangster an diesem Abend auf mir war und zwischen meinen Beinen kniete, sagte er: »Wart mal einen Moment.«

Ich wollte nicht warten, nicht einmal einen Moment. Manche Dinge dulden keinen Aufschub; sie werden sonst schal und knistern nicht mehr. Er drehte sich zu seinem Nachttisch um, öffnete die Schublade und fischte ein Plastikpäckchen heraus, ein Kondom. Er seufzte schmerzlich und sagte resigniert: »Ist wohl besser.«

Die Wahrheit über Kondome ist: Keiner benutzt sie. Zumindest keiner, der nicht zu einer wirklichen Risikogruppe gehört. Natürlich geben wir das Gegenteil vor, behaupten, wir seien uns unserer Verantwortung der Gesellschaft gegenüber bewußt, tun so, als verwendeten wir sie mit geradezu religiösem Eifer. In Wirklichkeit aber sind wir sorglos und glauben in unserer Dummheit, uns könne einfach nichts passieren.

»Wie es mit dir ist, weiß ich nicht«, er zerrte mit den Zähnen an der Packung, »aber ich war schon eine ganze Weile mit niemandem mehr zusammen. Und das davor war eine ziemlich langfristige Angelegenheit.«

»Laß das Kondom.«

»Was?«

»Kein Kondom.«

»Oh, gut, daß du das sagst. Dieses Gummi-Zeugs liegt mir sowieso nicht.« Es klang, als wäre ein Kondom ein total verwirrendes, hypermodernes Gerät, mit dem er nicht zurechtkam, so wie manche Leute mit Faxgeräten, Geldautomaten bei der Bank oder Kontaktlinsen nicht zurechtkommen.

Und dann legten wir los, als lebten wir noch in der Zeit, bevor die Welt zu so einem komplizierten und gefährlichen Ort wurde, in der Zeit, als Männer und Frauen sich noch nicht vor übertragbaren Krankheiten fürchteten, als sie noch nicht verunsichert waren und es noch keine Erbsünde gab. Wir bumsten, als wären wir im Paradies.

Ich schaue zu, wie er den Espresso macht. In seiner rötlichvioletten Unterhose steht er am Herd, aus seinem ärmellosen T-Shirt dringt oben gekräuseltes Brusthaar hervor. Nie wieder werden mich schicke Boxershorts oder Designer-Unterhemden anmachen.

»MöchteSSt DDu noch eTTwaTs zum KaVffee?«

fragt er, »vielleicht eine SüSSiGGkeit? Oder eTTwaTs ObSSt?«

Oh, das klingt wie ein Lied, das Lied einer Sirene. Und ich bin in einem fremden Land, verzaubert und vom Rhythmus verführt.

Der Kuß eines Engels

Der Killer bereitet ein Essen für uns zu. Gnocchi mit Brokkoliröschen und jede Menge Knoblauch und Olivenöl. Dazu Fischsalat, in dem ich Aal und Tintenfisch vermute. Außerdem Auberginen, Ratatouille, das er aber anders nennt. »Und ich habe ein Brot von Zito.« Er zuckt mit den Schultern, als sei das alles nur eine Kleinigkeit.

Wir essen an einem Kartentisch in seinem Ein-Zimmer-Apartment. Die Teller sind aus gutem, elfenbeinfarbenem Porzellan. Am Rand sind sie mit einer Girlande pinkfarbener Rosen verziert. Ich würdige sie gebührend. »Schöne Teller«, sage ich.

»Sie haben meiner Mutter gehört«, erzählt er und bekreuzigt sich. Trotz seiner Behauptung, Amerikaner zu sein, ist der Killer so italienisch, daß er sich auf sein sizilianisches Erbe beruft. Deshalb glaube ich, daß es tief da drin steckt, so wie bei den Chassiden, deren Lager in die Lubavitcher und diese anderen gespalten ist. Und mal ehrlich, wo ist der Unterschied?

Gestern gingen der Killer und ich in ein Café, wo man ihn kennt. Der Besitzer stürzte hinter den kupfernen Kaffeemaschinen hervor, um ihn zu begrüßen. »*Professore, Professore*«, rief er überschwenglich. Er und der Killer sprachen Worte mit einer irdenen Klangfarbe, Worte, die ich nicht verstand. Nachdem der Besitzer an seinen Platz zurückgekehrt war, sagte der Killer: »Nette Leute, er und seine Frau. Neapolitaner. Ricotta: Die Neapolitaner sind ricotta.«

Ich legte den Kopf schief wie ein Vogel. Ich konnte ihm nicht folgen, deshalb erklärte er: »Ricotta. Weich. Warm. Wie Scheiße.«

Wenn ich von meinem Teller mit Gnocchi aufschaue, starrt mich das über seinem schmalen Bett an die Wand genagelte Kruzifix an. Auf einem Wandbord steht eines dieser Heiligenbilder, wie man sie auf religiösen Weihnachtspostkarten oder als Sticker an Armaturenbrettern in Autos finden kann.

Ich bin Jüdin, verheiratet und Linkshänderin.

Ich lege die Gabel nieder, und der Killer nimmt meine Hand und zieht sie an die Lippen. Er küßt meine Fingerspitzen, als wären sie ein Teil der Mahlzeit. »Hmmmm«, sagt er, »ich liebe Linkshänderinnen.« Dann läßt er meine Hand los und fügt hinzu: »Aber ich bin nicht immer so aufgeklärt.«

Seine Abstammung aus Brooklyn kann er nicht verleugnen. Von dort kommen heißt aber auch, festen Boden unter den Füßen haben, verwurzelt sein, von Bindungen gehalten werden. Obwohl er vor vielen Jahren rüberkam über die Brücke, bleibt Brooklyn in seiner Sprache und in seiner Art, die Dinge zu sehen, erhalten.

Darum beneide ich ihn. Meine jüdische Abstammung, um die ich manchmal so viel Theater mache, ist nur Ersatz. So künstlich wie Straß. Meine Leute waren in der Diaspora. Sie haben sich angepaßt, vermischt, haben sich im Schmelztiegel aufgelöst, bis sie nicht mehr von den anderen zu unterscheiden waren. Unser Essen kauften wir bei »A&P«: Oskar Mayer Hot dogs, Shake 'N Bake Fertigpanade, Tater Tots Tiefkühlkroketten. Über Kascha, Kigl oder Hering sagte meine Mutter: »Igitt. Judenessen. Wie das schon riecht!«

Also habe ich mir das Jüdische selbst genommen, habe es mir auf die gleiche Weise zu eigen gemacht wie Liz Taylor und Sammy Davis jr., nur daß mir der Rummel der Konversion erspart blieb. Wie der Killer mußte ich nur eine Brücke überqueren. Aber ich kam von der anderen Seite. Erst hier habe ich mir ein paar Brocken

Jiddisch angeeignet, bei »B & H« in der Second Avenue Nudelpudding gegessen und bin auf der Suche nach meinem *Schtetl*, meinem kleinen Anteil von Brooklyn, in Brighton Beach und Williamsburg umhergestreift.

Aber es ist nicht echt, gehört nicht richtig zu mir, und sollte ich je für den Killer ein Essen zubereiten, Borschtsch und Latkes zum Beispiel, dann wäre es künstlich und würde nicht schmecken.

Er ist nicht wirklich ein Killer. Er ist Professor. Geschichtsprofessor. Amerikanische Geschichte. Er hat Bücher über James Madison und Alexander Hamilton geschrieben. Ich finde es merkwürdig, daß er nicht seine eigenen Leute studiert hat, nicht Experte für Vespucci und Verrazzano geworden ist, daß er nicht immer ein paar Anekdoten über Fiorello LaGuardia parat hat. Ich frage ihn, warum er nicht Bücher zur Verteidigung von Sacco und Vanzetti geschrieben hat, und er sagt: »Das ist nicht mein Gebiet« – als wäre er ein Gangster, der über ein Territorium in Philadelphia spricht, das sich in der Hand eines anderen Gangsters befindet. Statt dessen ist er fasziniert von Jefferson, Franklin, Adams – von Leuten, die ihn, den Spaghettifresser, nicht mal gegrüßt hätten.

Oder wenn er von den Föderalisten spricht: Das klingt dann, als wären sie Jungs aus der Nachbarschaft. Dabei sieht er aus wie ein Killer und bewegt sich, als wäre er beim Boxtraining. Man könnte sich leicht vorstellen, daß er mit dem Zertrümmern von Kniescheiben seinen Lebensunterhalt verdient. Seine Iris ist ein Mosaik aus Grün-, Blau- und Grautönen, und so wie ein Sonnenstrahl durch ein buntes Glasfenster bricht – in einem harten, geraden Strahl –, blitzt manchmal etwas Kaltes in seinen Augen auf. Auch seine Stimme kann einen eisigen Klang annehmen, außer wenn er über mich spricht. Wenn er über mich spricht, klingt er wie ein Neapolitaner.

Er liebt mich, zu schnell und zu heftig. Das hatte ich nie erwartet. Ich hatte eher gedacht, er sei ein Mann, der auf der Hut ist und nichts von sich preisgibt. Jetzt zucke ich vor der Bewunderung in seinen Augen zurück. Wenn Schatten darüber ziehen, wenn er abgebrüht, zäh und gemein aussieht, wenn er meine Arme hinter mir festhält, bevor er mich küßt – dann gefällt er mir besser. Und dennoch küßt er sanft. Unendlich sanft. Als streife man die Lippen eines Engels. Warum nur diese Zärtlichkeit?

Wir beenden das Essen, und er räumt den Tisch ab. Ich bleibe sitzen, während er den Kaffee macht. Espresso in Mokkatassen. Auf einem Teller liegen Kekse, die wie Muscheln aussehen. Diese Kekse habe ich schon oft gesehen, aber noch nie probiert. »*Sfogliatelle*«, nennt er sie. »Von Rocco, du weißt schon, neben dem Fischgeschäft.«

Ich probiere einen. Er schmeckt bitter. Irgend so ein Mist aus getrockneten Fruchtschalen. Ich schlucke schnell und spüle den Geschmack mit Kaffee hinunter.

»Du magst ihn nicht«, stellt er fest. Er läßt sich nichts vormachen. »Den Tintenfisch hast du auch nicht gegessen.«

»Ich esse kein Fleisch«, erkläre ich ihm, und er sagt wiederum zu mir: »Tintenfisch ist Fisch.«

In seiner Nähe ist es unmöglich, allein zu sein. Er registriert alles, was ich tue, und erinnert sich an alles, was ich sage. Das ist so die Art seiner Leute.

Wieder nimmt er meine linke Hand und zieht mich hoch, so daß wir nebeneinander stehen. Er ist groß. Ich bin klein. »Den ganzen Tag«, sagt er, »muß ich an dich denken. Ich kann nicht aufhören damit. Und meine Kirche wird so wahnsinnig heiß.« Er klopft sich auf die Stelle und grinst.

»Deine was?« frage ich.

»Meine Kirche. Meine Kirche!« Dann dämmert ihm

etwas, und er sagt entschuldigend: »Du weißt schon. Mein Tempel.«

Ich fühle mich wie die Madonna. Gleich wird er mich auf das Bord heben, mich direkt neben das Heiligenbild stellen und zu meinen Füßen ein Licht anzünden. Und ich würde dort stehen bleiben, völlig regungslos bis auf die Träne, die meine Wange hinunterrinnt, und er würde glauben, ihm sei ein Wunder widerfahren.

Kreuzen Sie das zutreffende Kästchen an

Hin und wieder wird mir zu meiner Verblüffung bewußt, daß ich die eine Hälfte eines Paares bin, das am späten Sonntagvormittag die ›Sunday Times‹ durchblättert und Bagels mit Frischkäse oder Croissants mit Marmelade frühstückt, während David Brinkleys salbungsvolle Stimme aus dem Fernseher tönt. Mein Mann löst Kreuzworträtsel.

Ich fühle mich unbehaglich, als wäre ich irgendwo eingesperrt, wo ich nicht hingehöre. Aus Verdruß begehe ich zivilen Ungehorsam. Ich überspringe die Sektionen *Kunst und Freizeit*, *Reisen* und das Feuilleton, deren Lektüre von mir erwartet wird. Statt dessen hole ich die Anzeigen aus der Zeitung, Werbeseiten auf Glanzpapier und Gutscheine: 25 Cents beim Kauf einer Waschmittelpackung Tide, 50 Cents beim Kauf eines Töpfchens Velveeta. Neben dem Angebot zum kostenlosen Test von Sani-Flush Toilettenreiniger ist ein Fragebogen abgedruckt.

Falls ich mir die Mühe mache, den Fragebogen auszufüllen und einzusenden, werde ich mit zusätzlichen Probepackungen Waschmittel, Fensterputzmittel und Möbelpolitur belohnt. Alles unnützer Müll, aber ich hole mir trotzdem einen Stift.

Für die sechsunddreißig Fragen stehen verschiedene Antworten zur Auswahl, Multiple Choice. Man muß nichts selber schreiben. Die Anweisung lautet: Setzen Sie bitte ein Kreuz in das zutreffende Kästchen.

Kästchen. Neben der Standarddefinition – kleiner, viereckiger Behälter – habe ich *Kästchen* auch als Slangausdruck verwendet, als Alternative zu Fotze. Als der Killer mir aber sagte: »Du hast ein perfektes Kästchen«, zog er mir mit dem Zeigefinger eine imaginäre, aber eindrucksvolle Linie quer über den Bauch, meinen linken Oberschenkel hinunter, zur anderen Seite hinüber und wieder hoch, ein Quadrat. Das verstand er unter Kästchen.

Die ersten paar Fragen sind eine Kleinigkeit, geschenkt:

1) Alter: 18–26, 27–35, 36–44, 45–60, älter als 60
2) Geschlecht: M, W
3) Jahreseinkommen: Unter $ 16 000, $ 16 000 – $ 40 000, über $ 40 000
4) Zahl der abhängigen Kinder: null, 1–2, 3–4, 5 oder mehr. Ich streiche das Adjektiv *abhängig* durch und kreuze *Null* an.
5) Bevorzugtes Bodenreinigungsmittel: Pine-Sol, Lysol, Lestoil, Mr. Clean.

Ich überspringe die Frage und gehe weiter zu Nr. 6.

»Würdest du sagen«, frage ich meinen Mann, »daß ich wöchentlich mehr als zwei Waschmaschinenladungen Wäsche wasche?«

»Du wäschst gar keine Wäsche«, erwidert er.

»Ich meine«, stelle ich richtig, »denkst du, wir lassen mehr als zwei Waschmaschinenladungen Wäsche waschen?«

»Sechzehn Buchstaben für *Dilemma*«, mein Mann ist mit seinem eigenen Rätsel beschäftigt, »der dritte Buchstabe ist ein R.«

»Gordischer Knoten.«

»Deine Sendung ist dran.« Er reicht mir die Fernbedienung, und ich schalte Jimmy Swaggarts ›Sunday School‹ ein. Jimmy Swaggart habe ich mir immer gern zur Unterhaltung angeschaut. Es amüsierte mich köstlich, wie er nahezu jedermann zum Höllenfeuer verdammte, als wäre Gott ebenso kurzsichtig wie er. Dabei wußte ich die ganze Zeit, lange bevor die Sache rauskam, daß er neben seiner fetzigen Frau auch noch andere Miezen fickte. In letzter Zeit finde ich ihn jedoch weniger komisch – es ist vielleicht ein bißchen so wie bei Hitler: Am Anfang seiner Karriere haben die Leute ihn als Spinner mit albernem Bärtchen betrachtet; zum Schluß entpuppte er sich als etwas ganz anderes...

18) Wenn ich Kuchen brauche: Mache ich den Teig meistens selbst, nehme ich eine Backmischung oder kaufe ich einen fertigen Kuchen?

19) Mein liebstes Hobby ist: Handarbeiten, Gartenarbeit, Aerobics, Fernsehen.

23) An Gottesdiensten nehme ich teil: Häufiger als einmal pro Woche, einmal wöchentlich, gelegentlich, nie.

Das ist eine sehr persönliche Frage – privat, heilig –, und die Möglichkeit einer Verbindung zwischen Frömmigkeit und Salmiakgeist geht mir auf die Nerven.

23) Ich wohne Gottesdiensten bei:
Auf dem Bildschirm zieht Jimmy Swaggart mit einem Zeigestab den Weg Jesu nach Golgatha nach. Ich kreuze *Einmal wöchentlich* an.

24) Meine Lieblingsbeschäftigung im Urlaub: Sightseeing, ans Meer gehen, Vergnügungsparks.

Ich knülle den Fragebogen zusammen und schleudere den Glanzpapierball quer durch den Raum. Er landet neben der Heizung. Ich schäme mich, als hätte ich bei etwas Wichtigem versagt. Fehlt bei mir etwas? Überall können Frauen solche Fragen beantworten, kein Problem. Es waren einfache Fragen, und trotzdem sind einige meiner Antworten falsch.

Ziemlich resigniert durch den Versuch, ein bißchen mehr wie die Frau zu sein, die diesen Fragebogen ohne Stocken hätte ausfüllen können, für die *Hobbys* kein Hindernis dargestellt hätte, die aber mit so etwas Idiotischem nicht ihre Zeit vergeudet hätte, beuge ich mich meinem Mann über die Schulter: »Da«, ich lege den

Finger auf 46 senkrecht, zehn Buchstaben, erster Buchstabe ein S für *Außenseiter*. »Sonderling«, weiß ich.

Mein Mann schreibt jeden Buchstaben in das zutreffende Kästchen, in genau das Kästchen, wohin er gehört.

Bettenmachen

Für meinen Mann oder jeden anderen Menschen, der je mit mir zu tun hatte, sollte es keine Überraschung sein, daß ich für Unordnung, Schmutz oder Schlamperei im Haushalt kein Auge habe. Hätte mein Mann mich nicht darauf hingewiesen, wäre mir gar nicht aufgefallen, daß sich Staubteilchen zusammengeballt hatten und so das Prinzip der elektrostatischen Aufladung unter Beweis stellten. Wenn man einen Luftballon am Pulverärmel hin- und herreibt, bleibt er später an einer Wand haften, und genauso hatte sich Staubpartikel an Staubpartikel geheftet und Staubmäuse gebildet. Staubmäuse, die ständig größer wurden und Junge kriegten. In Großfamilien hocken sie unter dem Bett und hinter Stühlen, machen es sich neben Regalen und Tischbeinen gemütlich. Außerdem erwähnt mein Mann einen Schmutzrand in der Badewanne, Cornflakes hinter dem Herd und irgend etwas Klebriges unbekannten Ursprungs auf dem Wohnzimmerboden. Aufgebracht sagt er: »Jetzt rufen wir einen Reinigungsdienst an. Das ist etwas für eine professionelle Kraft.«

Oh, die Stimme der Vernunft. Was für ein sinnvoller Vorschlag. Wie schade, daß ich nicht mitspiele. Aber ich werde es nicht zulassen, daß ein Fremder meinen Schmutz befingert, meine Kleckereien aufwischt, meine Unordnung aufräumt und ein vertrautes Verhältnis zu meinem Müll entwickelt. »Ich verstehe schon«, sage ich. »Du willst einen armen illegalen Einwanderer ausbeuten. Das hast du doch vor. Dem Fremden ein paar Brosamen hinwerfen, damit er die Dreckarbeit macht, oder?«

»Das hast du völlig falsch verstanden.« Mein Mann

sagt, wir würden natürlich einen anständigen Lohn vereinbaren. Aber selbst wenn wir das Gehalt eines Topmanagers zahlten, würde das für mich nichts ändern. Ich mache meinerseits auch einen Vorschlag: Laß uns umziehen. Eine neue, saubere Wohnung suchen. Bei Null anfangen mit der nächsten Staubmäusezucht.

Als ich meine erste eigene Behausung bezog, ein möbliertes Zimmer in der Perry Street, bekam ich von meiner Mutter und diesem Idioten, der mein Stiefvater ist, ein Geschenk: ein Service für acht Personen. Teller und Tassen, Besteck, Gläser, Suppenterrine, Fingerschälchen.

Dieses Geschenk brachte mich auf die Idee, ein Essen zu geben. Ich kaufte Wein und Kartoffelchips und bestellte Essen beim Mexikaner. Ich hatte keinen Tisch und nur einen Stuhl; also aßen wir unsere Enchiladas und mexikanischen Bohnenbratlinge im Stehen von meinen neuen Tellern. Als meine Gäste gegangen waren, wollte ich den Abwasch in Angriff nehmen, eingetrockneten Käse von Gabeln kratzen, Lippenstiftspuren von Gläsern scheuern und Guacamole aus der Suppenterrine schrubben. Diese düstere Aussicht war einfach überwältigend. Ich hielt ihr nicht stand, und so wanderten Geschirr, Salatteller, Dessertteller, Weingläser, Besteck und die Suppenterrine in eine große, extrafeste Plastiktüte, und ich schleppte den Packen zum Ende des Blocks, zum Müllcontainer.

Am nächsten Tag ging ich einkaufen und besorgte mir zwei Teller, zwei Gläser, zwei Gabeln, zwei Messer und zwei Löffel. Zwei konnte ich schaffen.

Als der Winter sich näherte, stellte ich fest, daß mein Zimmer in der Perry Street kalt und dunkel war. Ich stellte eine Liste der Dinge zusammen, die mir fehlten: Decken, eine Lampe mit besonders hellem Licht, ein zweiter Stuhl, eine Kaffeemaschine. Diese

Liste gab ich meiner Mutter mit dem Hinweis: »Falls du über ein Weihnachtsgeschenk für mich nachdenkst.«

Daraufhin erhielt ich von meiner Mutter und meinem Stiefvater zu Weihnachten einen malvenfarbenen Kaschmirpullover mit weitem Rollkragen und ein Paar Diamantohrringe. Ein halbes Karat an jedem Ohr, um mich warmzuhalten.

Mein Mann ist nicht bereit, über den Umzug in eine saubere Wohnung nachzudenken. »Das ist absurd«, sagt er. »Ich verstehe nicht, was du gegen eine Reinigungskraft einzuwenden hast. Wo ist das Problem?«

»Ich werde es selber machen«, erkläre ich ihm.

Ich weiß, daß es sinnlos ist, die Wohnung als Ganzes in Angriff zu nehmen. Allein die Vorstellung, was in fünf Räumen alles getan werden muß, würde mich erschöpft und deprimiert ins Bett sinken lassen. Ich wäre erledigt, bevor ich überhaupt angefangen hätte.

Besser ein Zimmer nach dem anderen. Im Schlafzimmer fange ich an. Zuerst das Bett. Ich ziehe es ab, nehme die Bettdecke weg, zerre die Laken herunter, pelle Kopfkissen aus ihren Überzügen. Den Haufen schmutziger Bettwäsche schiebe ich mit dem Fuß in eine Ecke, aus dem Weg und außer Sichtweite. Dann hole ich frisches Bettzeug aus dem Wandschrank: ein ordentliches, in braunes Papier verpacktes und sauber verschnürtes Päckchen aus der vietnamesischen Wäscherei.

Das Spannlaken wird über die Matratze gezogen und ist steif und straff. Ich stopfe Kissen in raschelnde Überzüge und lege sie aufs Kopfende des Bettes. Das Ergebnis läßt mich staunen. Eigentlich sieht es nicht mehr aus wie ein richtiges Bett, ein Bett, in dem Menschen schlafen. Es wirkt eher wie aus Stein, täuschend echt, wie aus Marmor gehauen. Museumsbesucher würden nicht widerstehen können, es anzufassen, um sich des Materials zu vergewissern.

Als ich das Überlaken ausbreite, fällt mir ein, daß chassidische Ehepaare ein solches Laken wie eine Schicht aus Zuckerguß zwischen sich legen, bevor sie sich lieben. Ein Laken, in das ein Loch geschnitten ist, dient beim Sex als Trennung. Als ich einmal durch ein chassidisches Stadtviertel ging, habe ich an den Wäscheleinen nach solchen Laken Ausschau gehalten, nach all den Löchern in der Mitte, als hätte sich eine hungrige Motte durch eines nach dem anderen hindurchgefressen.

Kurz nach diesem Spaziergang durch Crown Heights ergab es sich, daß ich mit einem Jungen schlief, von dem ich wußte, daß er aufrichtig und hingebungsvoll fromm war und in Hinblick auf seine Zukunft zwischen der Entscheidung für eine Rabbinerschule und einem Jurastudium schwankte.

In seinem Bett küßten und berührten wir uns. Wir legten unsere Kleider ab, und das Überlaken glitt zwischen uns. Das war's! Jetzt kam's! Sex durch ein Mauseloch im Laken. Ein Traum wird wahr!

Aber ich hatte mich zu früh gefreut. Die Sache, das Laken zwischen uns, war ein Fehler, es war unbeabsichtigt verrutscht, und er berichtigte die Angelegenheit, indem er das Laken wegzerrte und auf den Boden warf. Wir bumsten so, wie ich schon immer gebumst hatte: Fleisch an Fleisch, Bauchnabel an Bauchnabel.

Ich glätte das Überlaken meines frisch gemachten Bettes mit der Hand. An der Stelle, wo das Loch hingehörte, wenn es eins gäbe, halte ich inne. Ich stelle mir vor, Sex mit einem Laken dazwischen wäre wie das Leben in einem Vakuum oder wie eine Pantomime, die einen hinter einer unsichtbaren Wand gefangenen Menschen darstellt.

Erwachen

Der Killer macht eine Pause, bis der Kellner mit unseren Weingläsern fertig ist und den Tisch verläßt. Dann fährt er da fort, wo er unterbrochen wurde: »Ich meine es ernst. So wie jetzt. Er ist hart. Okay, kein völliger Steifer. Semi-steif. Aber er ist da.« Der Killer behauptet, ich hätte seinen Schwanz erweckt, so als handele es sich um einen Verwandten des aus dem Koma wachgeküßten Schneewittchen.

Um mich von dieser Quasi-Erektion zu überzeugen, stecke ich die Hand unter das weiße Tischtuch und will nachfühlen.

»Hey, laß das«, er schlägt meine Hand weg. »Wenn du auch nur mit einem Finger daran rührst, bleibt mir keine Wahl, und ich muß dich hier an Ort und Stelle bumsen. Willst du das? Hier auf dem Tisch?«

»Vielleicht.« Ich flirte mit der Idee, mit ihm.

»Es ist mir ernst. Wirklich. Seitdem ich dich getroffen habe, ist mir mein Schwanz andauernd bewußt. Ständig, ununterbrochen weiß ich, daß er da ist, genau wie jetzt.«

»Was dachtest du denn, wo er ist?« frage ich. »Wo sollte er denn schon sein?«

»Ich wußte, *wo* er war«, seine Stimme wird lauter, so wie man die Musik aufdreht, wenn die Party lebhafter wird. »Es ist nicht so, als wüßte ich nicht, wie man pinkelt.«

Die zwei Frauen am Nachbartisch haben ihn gehört, und wir lachen zu viert. Die Frauen lachen immer noch, doch der Killer bricht ab, rückt seinen Stuhl näher an meinen und schließt die Eindringlinge aus. »Natürlich habe ich ihn immer schon gefühlt. Ich meine, ich wußte, daß er da war. Aber jetzt ist es so, als würde er mir ständig gegen die Beine schlagen. Als hätte ich ein neues Körperteil entdeckt, an das ich eine Hantel hängen sollte, wenn ich zum Training gehe.«

Es muß beruhigend sein, einen so eindeutigen Beweis der eigenen Erregung zu haben, etwas Sicheres, woran man sich festhalten kann.

Ich erzähle ihm, wie ich in den Fernsehnachrichten einmal einen Wettkampf im Gewichtheben für Frösche gesehen habe. An den Vordergliedmaßen der Frösche wurden Gewichte in der entsprechenden Größe befestigt. Die armen Dinger lagen auf dem Rücken und zappelten sich an dem Eisen ab. Das sollte die nette, unterhaltsame Einlage während der Nachrichten sein.

»Nun ja, sicher, Menschen sind Arschlöcher.« Der Killer interessiert sich gerade – außer für seinen Schwanz – für nichts anderes. Er ist fasziniert von dessen plötzlicher Aktivität. »Gestern wurde er hart, als ich eine Vorlesung hielt. Wirklich. Da stand ich und sprach über Franklins diplomatische Bemühungen in Frankreich, und plötzlich: Hoppla! Ein totaler Steifer. Ich mußte zur Toilette gehen und den Hurensohn unter kaltes Wasser halten. Und wie es im Bett ist, siehst du ja. Sonst konnte ich nachts einmal oder vielleicht auch zweimal. Aber mit dir, drei-, viermal an einem kurzen Nachmittag. Ich schwöre dir, seit ich erwachsen bin, hatte ich keinen solchen Sex mehr, keinen Sex wie mit dir. Außer vielleicht in dieser einen Nacht 1987.«

Da gerade der Kellner das Essen bringt, frage ich nicht nach dieser Nacht im Jahr 1987 – wahrscheinlich hätte ich sowieso nicht gefragt. Ich bekomme Fettuccine mit sonnengedörrten Tomaten. Die Spaghetti Marinara sind für den Killer.

»*Mangia, mangia*«, der Kellner steht neben uns und fordert uns beifallheischend zum Essen auf. Der Killer nimmt einen Bissen, läßt ihn auf der Zunge zergehen und küßt sich die Fingerspitzen. »Perfekt«, sagt er, »Kompliment!«

Nachdem er einen zweiten Happen geschluckt hat, setzt er zum Sprechen an. »Nee«, beschließt er dann mit eingezogenen Schultern, die gleichfalls nichts preisgeben wollen. »Das kann ich dir nicht erzählen.«

»Was kannst du mir nicht erzählen?«

»Willst du wirklich, daß ich es dir sage?«

»Das weiß ich erst, wenn ich es gehört habe.«

»Na ja, okay. Im Schlaf, äh, du weißt schon.«

»Nein«, sage ich. »Weiß ich nicht. Was ist im Schlaf?«

»Ja, du weißt schon. Im Schlaf. Äh, als ich geschlafen habe.«

»Du hattest einen feuchten Traum. Ist es das?«

Er schielt zum Nachbartisch. Erleichtert, daß die Frauen mich nicht gehört haben, gibt er zu: »Ja. Ist das nicht eigenartig?«

»Nein. Zumindest hoffe ich das. Da ich jede Woche ein paar habe, nehme ich an, es ist normal.«

»Du? Tatsächlich?« Er glaubt seinen Ohren nicht zu trauen. »Im Schlaf?«

Ich bin mir nicht ganz darüber im klaren, ob ich persönlich es bin, die eine solche Reaktion hervorruft. Oder ist es eher die Tatsache, daß Frauen im Traum Orgasmen erleben? Bezüglich der intimen Angelegenheiten von Frauen hat er schon öfter eine gewisse Unkenntnis an den Tag gelegt. Er dachte zum Beispiel, Scheidenspülungen wären für Frauen etwas so Selbstverständliches wie Zähneputzen.

»Auch Frauen haben feuchte Träume«, weihe ich ihn ein.

»Hast du deswegen kein schlechtes Gewissen?« fragt er, »weil du im Schlaf kommst? Fühlst du dich deswegen nicht schlecht?«

»Nein, es ist ein schönes Gefühl.«

»Mir macht es ein schlechtes Gewissen«, sagt er. »Ich will nicht kommen, wenn ich nicht mit dir zusammen bin.« Er spricht, als stünde nur ein begrenzter Vorrat zur Verfügung, als wäre ein feuchter Traum ein verschwendeter Orgasmus, als hätte er mir etwas weggenommen. Darum, erklärt er, masturbiert er auch nicht. Sein Sperma in ein Papiertuch zu verspritzen wäre eine Beleidigung, ein Affront gegen mich.

»Und wer«, frage ich keck und selbstsicher, »war der Star in deinem feuchten Traum?«

»Meine Tante«, sagt er lachend und schlägt die Hände zusammen, wie um seine Belustigung zu unterstreichen. »Die Mutter meiner Cousine Gina. Die alte Dame mit Parkinson. Ist das zu glauben? Ich sag dir, Baby, darüber komme ich nicht hinweg. Und das in meinem Alter.« Der Killer spricht von sich, als wäre er viel älter, als er eigentlich ist, als lägen zwischen uns mehr als die zwölf Jahre, die es tatsächlich sind. »Ehrlich, ich fühle mich wieder wie ein kleiner Junge.« Dieses neu entdeckte Gefühl, dieses Wiedererwachen, ist für ihn ein Jungbrunnen, ein Geysir, der permanent Spermafontänen versprüht und ihn vom Rande des Abgrunds zurückholt. »Seitdem ich dich das zweite Mal gesehen habe, ist es da unten einfach anders«, sagt er und zeigt auf seine Leistengegend.

»Seitdem du mich das zweite Mal gesehen hast?« frage ich nach, »nicht seit dem ersten Mal?«

»Seit dem zweiten Mal.« Er ist sich sicher.

»Komm schon«, ich kann nicht genug Komplimente bekommen, »als du mich das erste Mal um den Park hast joggen sehen, sag mal ehrlich, da hast du nicht daran gedacht, mir die Shorts runterzureißen?«

Nichts dergleichen habe er gedacht, beteuert er. Und dann macht er die Sache noch schlimmer: »Ich bin mir nicht einmal sicher, ob ich deinen Körper damals überhaupt wahrgenommen habe.«

»Oh? Und wonach hast du dann geschaut? Nach meinem Geist?«

»Nach dir als Ganzem. Nach deiner Gegenwart, deiner Aura. Das ganze Paket. An dir war etwas Besonderes, und das hatte nichts mit Titten und Arsch zu tun.«

»Aber wenn du einen Teil von mir herausnehmen, ein Stück meines Körpers isolieren müßtest, den Teil, der dich am meisten erregt, welcher wäre das denn?«

Er betrachtet mich sorgfältig, läßt seinen Blick voll Liebe, Lust und Hunger langsam über mich wandern. Unter solch prüfenden Augen kann ich unmöglich Fettuccine essen.

»Deine Hände«, entscheidet er. »Deine Hände machen mich wahnsinnig.«

Meine Hände. Ich strecke sie aus und schaue selbst. Es sind die Hände meiner Mutter, auch wenn sie keine Linkshänderin ist. Als meine Mutter jung war, ließ sie ihre Hände von Werbefotografen ablichten. Ihre Hände waren in Zeitschriften und auf Plakatwänden zu sehen, sie warben für Cremes, Nagelpflegemittel und Spülmittel, die die Haut beim Abwaschen pflegen. Meine Mutter und ich könnte man für völlig Fremde halten, wären da nicht unsere Hände.

Ich gehe wöchentlich zur Maniküre bei einer russischen Emigrantin mit kurzen, plumpen Fingern. Sie hat völlig kaputte Nägel. An ihrer Nagelhaut knabbert sie, doch meine Hände behandelt sie mit Aufmerksamkeit, massiert Creme in sie ein und feilt und poliert die Fingernägel, die in verschiedenen Rot- und Rosatönen, kirsch- oder pflaumenfarben lackiert werden.

Meine Hände. Mit diesem plötzlichen Vorstoß hatte ich nicht gerechnet, und meine Hände beginnen zu zittern. Der Killer atmet schwer und ergreift sie vorsichtig und sanft, als wären sie zarte, fedrige Singvögel, die man nur allzuleicht zu Tode drücken könnte.

Vergebung

Jahrelang habe ich mit Vorbedacht folgende Lüge erzählt: Halb. Ich bin halb jüdisch. Mein Vater kam aus einer Methodistenfamilie.

Diese Lüge war glaubhaft, da mein Vater nicht da war und daher nicht abstreiten konnte, Methodist zu sein. Außerdem wurde bei uns Weihnachten gefeiert. Ostern erhielt ich regelmäßig eine neue Kleidergarnitur, komplett mit Lackspangenschuhen und einem Strohhut, an dem hinten grobgerippte Leinenbänder flatterten. Nach einem Rezept aus ›Family Circle‹ buk meine Mutter einen Kuchen in Hasenform, und der Mann, den sie in zweiter Ehe heiratete, war Unitarier. Unser Haus war im Kolonialstil gebaut und voller Eichenmöbel. Wir versagten uns jeden Protz und Tand und tauchten so tief in den amerikanischen Schmelztiegel ein, daß wir uns genausogut hätten taufen lassen können. Die Behauptung, ich sei nur Halbjüdin, schien kaum eine Lüge zu sein. Und doch war sie es. Eine schwerwiegende Lüge, obgleich nicht so schwerwiegend wie die, die ich später verbreitete: Ich sei fromm, praktizierende Jüdin, beinahe orthodox. Wenn es jüdische Nonnen gäbe, wäre ich eine von ihnen.

Meine Lügen waren keineswegs auf Glaubensdinge beschränkt. Ich log über alles und jedes, erzählte die unwahrscheinlichsten Geschichten so geschickt, als seien es Selbstverständlichkeiten. Lügen war für mich etwas ganz Normales. So etwas wie Wahrheit oder unabänderliche Tatsachen gab es für mich nicht.

Einmal war ich zum fünften Geburtstag meines Vetters zu einer Planschparty eingeladen, und meine Mutter ging mit mir einen neuen Badeanzug kaufen. Es war mein erster Bikini. Oberteil und Höschen waren neonpink und mit einem weißen Netzmuster überzogen. Außerdem bekam ich eine Sonnenbrille: aus babyblauem Plastik und mit blaßrosa Seepferdchen besetzt.

Mein Vetter wohnte am Arsch der Welt draußen in Queens, und die Straßen waren wie jedes Wochenende verstopft. So kam ich als letzte bei der Planschparty an, wo ich außer meinem Vetter keinen kannte – und der war ein abstoßendes Kind mit Zahnbelag. Die Sonnenbrille im Gesicht, den kindlichen Kullerbauch über dem Bikinihöschen vorgestreckt, stolzierte ich durch den Garten und breitete mein Handtuch im Gras aus. Mich dem Spektakel im Schwimmbecken anzuschließen lehnte ich ab. Das Schwimmbecken war übrigens nicht in die Erde eingemauert, sondern ein aufgestelltes, kreisrundes Bassin mit einem etwa einen Meter hohen Wellblechrand. »Nein, danke«, sagte ich. »Es geht nicht. Ich darf nicht«, erklärte ich diesen Kindern aus den Queens. »Das steht in meinem Vertrag.«

»In welchem Vertrag?« wollte ein sommersprossiges, dickliches Mädchen wissen.

»Mein Vertrag mit dem Studio«, sagte ich. »Ich bin ein Fernsehstar.«

»Ach nee? In welcher Serie spielst du denn?« Dieses fette, häßliche, sommersprossige Mädchen war eine Skeptikerin.

Ich riß mir die Sonnenbrille von den Augen. »›The Mod Squad‹. Ich spiele Julies Adoptivtochter.« Kühl starrte ich die Ungläubige unter uns an, bis sie sich die Nase zuhielt und unter Wasser tauchte.

Schließlich gab ich das Schwindeln auf und entdeckte die Wahrheit. Die Wahrheit, die absolut reine Wahrheit, hat die gleiche Wirkung wie eine Lüge. Keiner will sie einem abkaufen.

Nehmen wir einmal den Mann, dem ich meine Liebe schwöre. Ich liebe ihn wirklich. Die Wahrheit ist: Er ist der Mann meines Lebens. Doch wenn ich ihm meine Liebe gestehe, schilt er mich dafür, die Unwahrheit zu sagen. Wie heftig ich auch darauf bestehe, ihn aus ganzem Herzen und bis zum Wahnsinn zu lieben – er glaubt mir nicht. Er hat nicht die Kraft, mir zu glauben. Er braucht alle Kraft, die ihm verblieben ist, nur um in Gang zu bleiben. Ich habe ihn oft gefragt: »Wann hörst du endlich auf zu leiden?«

Manchmal wird man von einer Lüge eingeholt. Seinetwegen bin ich der jüdischen Nonne sehr ähnlich, die ich einst zu sein vorgab. Meine Ehe mit ihm ist nicht vollzogen. Die Bewunderung drückt sich rein geistig aus.

Weil ich mit ihm verabredet bin – wir treffen uns in einem Café, wo wir zusammensein können, an einem Ort, wo nicht allzuviel passieren kann – verwende ich auf mein Aussehen die allergrößte Mühe. Sorgfältig arbeite ich mit Lidschatten, Lippenstift und Parfüm. Meine Kleidung gewährt andeutungsweise Ausblicke auf Teile meines Körpers: ein geschlitztes Kleid, eine tief ausgeschnittene Bluse. Die Botschaft ist eindeutig: Sieh her. Sieh, was du haben könntest.

Zu dem Zeitpunkt, als ich mich in ihn verliebte, war er ein älterer Herr. Mehr als doppelt so alt wie ich. Acht Jahre später hat er die Sechzig überschritten und wird jetzt allmählich ein alter Mann. Sein Haar wird grau. In die silbergefaßte Brille sind Linsen für den Nahbereich eingeschliffen. Die Kleidung hat die Farbe von Kot. Am Hals wird die Haut faltig, und er läßt die Schultern hängen. Er ist müde, gönnt sich aber keine Ruhe. Mit zwei Händen hebt er seine Teetasse. Diese Hände, deren Berührung ich herbeisehne, nach denen mein Körper verlangt: Sie sind mit Altersflecken übersät.

Er winkt die Kellnerin herbei und bestellt für mich: »Eine Tasse Kaffee, amerikanisch, für die junge Dame.« Sein Akzent läßt sich nicht lokalisieren. Es ist der Akzent des Nomaden, des Exilierten, der Akzent eines Menschen, der Englisch als Zweitsprache erlernt hat, mit äußerster Perfektion und ohne jede Spur der alten Welt darin oder der neuen. Er gibt sich als Staatenloser, als ein Mann ohne Vergangenheit.

Im selben Café, vielleicht sogar am selben Tisch, hatte er mir vor vier Jahren erklärt: »Verheiratete Frauen sind recht begehrenswert. Mehr als alleinstehende, finde ich.« Er hatte es ganz spontan gesagt und nicht mehr Nachdruck hineingelegt als in eine Bemerkung über das Wetter, etwa wie: »Es könnte Regen geben.«

Ich war diejenige, die diese Botschaft ernst nahm, diesem Ausspruch eine entscheidende Bedeutung beimaß. Ich halte ihn für einen Frauenkenner.

In derselben Nacht machte ich einem anderen Mann, mit dem ich damals gelegentlich ausging, den Vorschlag: »Laß uns heiraten«, und so kam ich zu einem Ehemann. Ein paar Wochen nach meiner Hochzeit traf ich mich erneut mit dem Mann meines Lebens im selben Café. »Nun«, sagte ich, »ich denke, wir sind soweit.«

Er gab zu verstehen, daß er kein Wort verstand. »Wovon sprichst du?« fragte er.

»Ich bin jetzt verheiratet«, erinnerte ich ihn. »Deshalb bin ich begehrenswerter für dich. Daraus ergibt sich eine natürliche Folge.«

»Das habe ich gesagt? Über verheiratete Frauen? Ich kann mich nicht daran erinnern. Nun, selbst wenn ich das gesagt habe, muß ich dich dabei ausgenommen haben. Du warst schon immer überaus begehrenswert für mich. Ich brauche all meine Kraft, um dir zu widerstehen.«

Ich habe es ihm vergeben. Alles habe ich ihm vergeben. Sogar seine Feigheit.

Nicht nur vergeben habe ich ihm, ich schütze sogar

Vergeßlichkeit vor. Als wäre das Thema brandneu, und ich spräche zum ersten Mal darüber, sage ich: »Ich liebe dich über alles. Laß uns zusammen weggehen. Komm schon, was kann uns aufhalten? Wir können einfach zusammen verschwinden. Wir können auf eine einsame Insel fliegen, in einer Lehmhütte wohnen, Mangos essen, im Meer baden und bis zur Besinnungslosigkeit vögeln. Wir wären so glücklich.«

Sein schwaches Lächeln könnte einen Misanthropen zu Tränen rühren. »Für dich muß dieses ganze Gerede ein Spielchen sein.«

Was ich ihm gerne sagen würde, ist: Du hast mein Leben zerstört.

Doch so etwas würde ich nie sagen, weil es ihn traurig machen würde. Niemals will ich etwas anderes für ihn sein als der Grund zu reinster Freude.

Also sage ich statt dessen: »Stell dir vor, du bist alt. Ich meine wirklich alt. Zehn, zwanzig Jahre älter als jetzt. Stell dir vor, du bist schwach. Eine Wolldecke über deinen kraftlosen Schoß gebreitet, sitzt du im Rollstuhl. Dann bereust du, was wir nicht getan haben. Dann wünschst du, wir hätten es getan. Aber dann ist es zu spät. Ich möchte nicht, daß es dazu kommt. Ich möchte nicht, daß du irgend etwas bereust.«

»Wie rücksichtsvoll von dir«, sagt er. »Aber dafür ist es schon zu spät.«

Genau zehn Minuten vor sechs bittet der Mann meines Lebens um die Rechnung. Wie üblich hat er mir zwei Stunden mit ihm eingeräumt, exakt zwei Stunden. Um vier haben wir uns getroffen, und um sechs wird er aufstehen, sich vorbeugen und mich genau einmal auf den Mund küssen. Der Mann meines Lebens ist so präzise wie eine Schweizer Uhr.

Ich greife nach der Rechnung, will ihn zu irgend etwas einladen, egal zu was, vielleicht zu einer Tasse Tee. Doch selbst diese kleine Geste, dieses winzige Zeichen der Zuneigung bleibt mir versagt. »Diesmal bin ich dran«, darauf besteht er. »Nächstes Mal«, fügt er hinzu, »nächstes Mal kannst du bezahlen.« An dieses Versprechen, das Versprechen, daß es ein nächstes Mal geben wird, klammere ich mich, als wäre es ein raumfüllender, fester Körper. Dieses Versprechen hält mich über Wasser. Und um so mehr wünsche ich, ich könnte ihm mehr geben als nur meine Vergebung.

Eine Adresse

Wenn ich in Übersee auf Reisen bin oder wenn ich in meiner eigenen Stadt durch ethnische Viertel gehe oder beim Zahnarzt das ›National Geographic‹ durchblättere, halte ich ein Auge auf Leute, die aussehen wie ich.

Ich halte nach meinen Verwandten Ausschau, versuche herauszufinden, woher ich komme, aus welchem Genpool ich stamme. Dieses Detail – die Frage, von welchem Hafen aus meine Vorfahren in See gestochen sind – ist irgendwie verlorengegangen – verlegt, versteckt, unter den Teppich gekehrt. »Wir sind Amerikaner«, sagte meine Mutter.

»Ach, wie die Irokesen, die Chickasaw, die Kickapoo: Amerikaner.«

»Sei nicht so schnippisch«, schimpfte meine Mutter, »wir sind amerikanische Juden.«

Es klang so, als wären wir in unserer endgültigen Form bei Far Rockaway dem Schaum entsprungen. Der Blick meiner Mutter auf unser Erbe unterscheidet sich nicht allzusehr von der Art, wie der Mann meines Lebens die natürliche Schlußfolgerung nahelegt, er sei plötzlich als junger Mann einem Bürgersteig im Central Park West entwachsen.

»Bevor wir amerikanische Juden waren«, wollte ich wissen, »woher sind wir ursprünglich gekommen?«

Meine Mutter riet blind. »Wir könnten aus Rußland kommen«, sagte sie, »weil wir groß sind.« Meine Mutter stellte sich die Kosaken vor. Die Kosaken, die waren groß.

Ich weise darauf hin, daß ich nicht groß bin. Ich bin kleiner als der Durchschnitt, ein Mischmasch, eine Art Schnabeltier, das die unterschiedlichsten regionalen Eigenheiten in sich vereinigt: das Haar aus Asien, die Haut aus Dänemark, der Mund aus dem Mittelmeerraum. Einmal habe ich meine Augen bei einer Zigeunerin in Granada gesehen. Ich könnte das Ergebnis einer jüdischen Wanderschaft sein, von Juden abstammen, die man aus dem einen Ort vertrieb, nur um sie auch aus dem nächsten hinauszuwerfen. Oder ich könnte sagen, mein Volk, mein Geschlecht, hat seinen Ursprung im Zweistromland, und es dabei belassen. Ich könnte, aber ich kann nicht. Ich möchte wissen, ob die Großeltern meiner Großeltern in Minsk, Marrakesch oder Mailand lebten. Ich möchte einen Globus rotieren lassen, ihn dann mit dem Finger an einer bestimmten Stelle anhalten und sagen: »Da. Da war unser Zuhause. Das ist meine ständige Adresse.«

Mein Vater – mein richtiger Vater, nicht dieser Tölpel, den meine Mutter in der zweiten Runde heiratete – brachte die letzten zehn oder fünfzehn Jahre seines Lebens ohne Zuhause, nur in Hotelzimmern zu. Er reiste immer im Kreis, Las Vegas, Reno, Chicago und Atlantic City. Das war dann schließlich sein letzter Aufenthalt. Er schuldete Leuten, die sich nicht an die Regeln von Konkursverfahren hielten, mehr Geld, als er je hätte bezahlen können, und stürzte kopfüber aus dem achten Stock eines dieser Hotelzimmer, bevor er auf dem Pflaster aufschlug. Sein Tod wurde als Selbstmord zu den Akten gelegt, doch darauf würde ich nicht schwören.

Bevor mein Vater wegging und sich auf der Verliererseite den Unwägbarkeiten eines Spielerlebens aussetzte, war er Arzt. Hämatologe. Er kannte sich mit Blut aus. Man sollte nicht meinen, daß ein Hämatologe eines Morgens seine Frau und sein Kind zum Abschied küßt, ins Büro geht, den Schreibtisch leerräumt, spurlos verschwindet und nur noch von Zeit zu Zeit in Wettbüros, bei Pokerrunden in Hinterzimmern und – wenn er mehr Geld hat – an Bakkarattischen auftaucht.

Doch genau das tat er, und obwohl ich kaum noch eine Erinnerung an ihn habe, bin ich doch die Tochter meines Vaters. Es ist, als würde auch ich in Hotelzimmern leben, eine Nacht hier, die andere dort – immer mit einem Blick über die Schulter. Und auch wenn ich noch nicht unten aufgeschlagen bin, schwebe ich doch ohne festen Halt irgendwo zwischen dem achten Stock und dem Pflaster unter mir.

Vom Killer – einem im Boden seines Volkes so fest verwurzelten Mann, daß der Boden auch Treibsand sein könnte – erwarte ich Mitleid mit meiner Lage. Ich bin praktisch eine Waise. Leide an Gedächtnisschwund. Oh, ja, ich erinnere mich an alle möglichen Dinge – ich weiß, wie man geht, redet, denkt, addiert und subtrahiert, liest, spricht, vögelt – aber da gibt es diesen weißen Fleck, einen Ort, den ich mir nicht ins Gedächtnis rufen kann. Tastend strecke ich die Hand danach aus, doch schon entzieht er sich.

»Hey«, sagt der Killer, »wir sind Amerikaner. Das ist alles.« Er gibt das gleiche rot-weiß-blaue Geblubber von sich wie meine Mutter.

»Nein. Wir sind nicht einfach Amerikaner. Gerade du nicht. Zunächst einmal sind wir etwas anderes. Und ich weiß nicht, was. Ich habe kein Heimatland. Ich habe keine ständige Adresse.«

»Na und?« Etwas, das man hat, kann man leicht geringschätzen. »Was macht das schon?« Er weiß nicht nur, daß er italienischer, sondern sogar, daß er sizilianischer Abstammung ist. Er kennt das Dorf in Sizilien, wo sein Großvater zur Welt kam. Und als er dieses Dorf besuchte, ging er auf denselben Wegen wie sein Großvater und klopfte bei der ärmlichen Hütte seiner Vorfahren an. »Warum stört dich das denn?« fragt er.

Ich spreche nicht über das Gefühl, keinen Boden unter den Füßen zu haben, nicht über das hilflose Tasten nach etwas, was nicht da ist. Statt dessen sage ich: »Für mich gibt's keine Parade. Die Iren haben den St. Patrick's Day. Die Puertoricaner haben ihre Parade. Deinen Leuten gehört der Kolumbustag. Und was mache ich? Einen Anstecker tragen, auf dem ›Küß mich‹ steht. Ich weiß scheißverdammt noch mal nicht, wer ich bin!«

Der Killer lacht. »Du bist mein. Wie ist das? Das ist es, was du bist. Mein. Und du wohnst in meinem Herzen.«

Sein Herz ist keine ständige Adresse. Ich lasse das Thema besser fallen. Vielleicht mache ich zuviel Theater darum. Vielleicht wird die Sehnsucht vergehen.

Am nächsten Tag treffen der Killer und ich uns im Park am Sockel des Garibaldi-Denkmals. Der Killer öffnet seine Brieftasche, nimmt ein Blatt heraus, gelbes, amtliches Schreibpapier, und gibt es mir. Ich lese: Box 3547, GPO, New York, NY 10087.

»Was ist das?« frage ich.

»Deine Adresse«, sagt er. »Deine ständige Adresse.« Der Killer hat ein Postfach für mich gemietet. »So hast du einen Stützpunkt, wo auch immer du hingehst. Das wolltest du doch.«

Kurzer Abriß meines Werdegangs

Ich lasse mich von einem Bild zum nächsten treiben, schlängele mich zwischen Touristenströmen und Kunststudenten hindurch, die zur Rauschenberg-Retrospektive gekommen sind. Vor einer riesigen Leinwand bleibe ich stehen, schaue aber auf einen Mann, der sich einen Weg zu mir bahnt.

Irgend etwas an diesem Mann kommt mir bekannt vor, als hätte er große Ähnlichkeit mit jemandem, den ich kenne und schätze.

»Was meinen Sie?« fragt er, und ich weiß, daß er von dem Gemälde spricht. Ich zucke die Schultern.

Er nennt seinen Namen. In gewissen Kreisen ist er bekannt. Er ist Künstler – Multimediakünstler. Ich habe von ihm gehört, aber sein Werk ist mir nicht vertraut. Nach der Art zu urteilen, wie er da steht – gespielt verschämt, sich ein dümmliches Grinsen verkneifend –, nimmt er an, ich werde mich überschwenglich auf ihn stürzen, als wäre ich sein Fan und er wirklich berühmt.

Es folgt ein peinliches Schweigen, und ich erwarte, daß er wieder abzieht. Statt dessen beginnt er, mir Fragen zu stellen, als wären wir auf einer Cocktail-Party. Ob ich in der Stadt lebe? In welchem Teil? Wo ich zur Schule gegangen bin? Ob ich einen Universitätsabschluß habe? Bei wem ich studiert habe? Woher ich ursprünglich komme? Was ich eigentlich genau mache?

All diese Fragen wären am einfachsten dadurch zu beantworten, daß ich ihm meinen Lebenslauf gebe.

Als ihm keine Fragen mehr einfallen, schlage ich vor: »Möchten Sie jetzt vielleicht noch meine Zähne untersuchen?«

Er geht weg, und ich nehme an, daß die Sache damit zu Ende ist. Aber unten, beim Mobile von Calder, kommen wir irgendwie wieder miteinander ins Gespräch.

In seinem Loft sitze ich auf einem Stuhl und nippe billigen Brandy aus einem ehemaligen Garnelenglas. Er trinkt Apfelsaft aus einem Marmeladenglas. Er trinkt keinen Alkohol, erklärt er mir. Auch keinen Kaffee. Er nimmt keine Drogen und raucht nicht. »Ich habe keine Laster«, sagt er auf eine Art, die mich in die Defensive drängt. »Und«, fügt er hinzu, »ich habe mich testen lassen. Ich bin HIV-negativ.«

Ein Pinselstrich Dekadenz, ein Hauch von Wohlleben, vielleicht der impulsive Kauf einiger anständiger Trinkgläser, nur der Aufregung halber, so zum Spaß, könnte sein Innenleben in Gang setzen. Er ist ein Mann mit Grundsätzen.

»Als ich beschloß, Künstler zu werden«, erklärt er, »stellte ich fest, daß die Versager in drei Kategorien fallen. Die Trinker. Die Drogensüchtigen. Und die, die sich auf ihre Spontanität verlassen.«

»Du redest ganz schön viel«, bemerke ich. Ich bin nicht in sein Loft gekommen, um Interesse für seine Theorien über Kunst und die Künstler zu heucheln. »Laß uns zur Sache kommen.« Ich stehe auf und lasse mein Kleid fallen.

Etwas beherrsche ich perfekt, darin übertreffe ich jeden: Jemandem einen blasen. Darin bin ich gut. Nein, darin bin ich großartig. Wenn es um oralen Sex geht, bin ich professionell. Diese Fähigkeit ist zum Teil ein Geschenk Gottes. Ein Talent, das mir angeboren ist. Ich begann als Daumenlutscherin, aber nicht als gewöhnliche Daumenlutscherin. Ich habe meinen Daumen geschmeckt und gekostet, ihn zurechtgebissen und gezwirbelt, bis er ganz aufgequollen war. Außerdem hat es mir großen Spaß gemacht, Dinge in den Mund zu stecken – Münzen, Spielzeugteile, Ballons, Türgriffe –

und Form und Struktur mit der Zunge tastend zu erfühlen.

An der Vervollkommnung dieser natürlichen Neigung habe ich trotz aller Begabung unablässig gearbeitet. Ich habe die Technik bei jeder Gelegenheit perfektioniert und zu einer Kunstform entwickelt. Da sind Feinheiten zu meistern: Zungenrollen und -schlagen, manchmal sanft und kaum wahrnehmbar sein und dann wieder Druck ausüben, und – der entscheidende Punkt – mit Anmut schlucken. Ich schlucke wunderbar, was mich, denke ich, zu einer Art Entdeckung macht.

Der Killer sagte mir: »Oh, nicht wie du es tust, Baby. Keine hat es je so gut gemacht.« Dann erzählte er: »In Brooklyn sagten wir immer, es gibt zwei Arten von Mädchen: Diejenigen, die es dir zuliebe tun, und diejenigen, die es aus Vergnügen tun. Als ich später mit protestantischen Frauen Umgang hatte«, fügte er hinzu, »erfuhr ich, daß es auch Frauen gibt, die es gar nicht tun.«

Protestanten, so nennt der Killer alle Menschen mit dünnem Blut.

»Und welche Art Frau bin ich?« fragte ich ihn.

»Du bist einzigartig. Ich sag dir, Baby, keine hat mich je so mit dem Mund geliebt wie du.« Das ist die Bezeichnung des Killers für »jemandem einen blasen« – mit dem Mund lieben – was für mich gleichzeitig romantisch und obszön klingt.

Auf diesem Gebiet erste Klasse zu sein ist mir wichtig. Darauf lege ich Wert. Ich möchte den Mann, wenn ich ihn im Mund habe, stöhnen hören: »Oh, mein Gott, niemals ... oh, Gott, danke ... das ist das Größte.«

Eine großartige Schwanzlutscherin zu sein ist ein Ausgleich dafür, daß ich es mit der Hand miserabel mache. Als Linkshänderin bin ich manuell nicht geschickt.

Obwohl man linkshändige Frauen inzwischen nicht mehr für Hexen hält, sind wir doch eine diskriminierte Minderheit. Schreibtische, Scheren und Füllfederhalter sind nicht für uns gemacht. Werfen lehrte man mich mit rechts, also mit der Hand, die von Natur aus schwach ist. Alles mögliche, was dort nicht hingehörte, bekam ich in die rechte Hand gedrückt: Gabeln, Bleistifte, Tennisschläger, Kegelkugeln und Schwänze.

Einmal, als ich noch jünger war und so gut wie gar nichts wußte, öffnete ein Junge meinen Griff und sagte: »Ich zeig dir mal, wie das geht.«

Oh, wie entsetzlich peinlich! Wie demütigend! Wie hatte ich das nur falsch machen können?

Er nahm meine rechte Hand und führte sie, damit ich ihm richtig einen runterholte, doch meine Hand holperte nur an ihm rum. Das war nicht das richtige für mich. Ich ließ seinen Schwanz los und tauchte mit der Nase voran zwischen seine Beine. Ich nahm ihn in den Mund und kam zur Sache. Sofort vergaß er mein ungeschicktes Gefummel mit der Hand. Aber ich vergaß es nicht.

Jetzt will ich zeigen, was ich kann, und lasse meine Zunge flink wie eine Eidechse vom Hals des Multimediakünstlers bis zu seinen Knien gleiten. Dann kehre ich zum Bauch zurück und komme immer näher und näher, spiele wie die Katze mit der Maus, mit samtweichen Pfötchen vor dem tödlichen Biß.

Er räuspert sich, und ich erwarte das Wimmern, das Stöhnen, Bitteln und Betteln. »Ähm«, sagt er, »das führt bei mir zu nichts.«

Ich hebe den Kopf. Ich muß mich wohl verhört haben, aber er sagt es noch einmal: »Nicht du persönlich. Nur eben das. Das führt bei mir nie zu irgend etwas.«

Was ist mit dem los? denke ich. Ist der schief gewickelt?

Wo man mich nicht mit offenen Armen empfängt, da

gehe ich nicht gerne hin, aber was soll ich jetzt machen? Ich bin nicht mehr in meinem Element und durchforste meine Erinnerung nach einem anderen Akt; aber wenn er schon beim Schwanzlutschen zimperlich ist, wird er die Alternativen niemals akzeptieren. Weil mir nichts Besseres einfällt, wälze ich mich auf den Rücken und ziehe ihn auf mich drauf.

Hinterher liegt er warm und gelöst neben mir, und ich stelle ihm ein oder zwei Fragen. Die erste Frage, die mir in den Sinn kommt, stelle ich nicht, nämlich: Wo liegt dein Problem? Statt dessen frage ich: »Hältst du dich für einen eher traditionell eingestellten Menschen?«

Er läßt seinen Blick wie eine Videokamera durch den Raum wandern, wobei er bei jeder der an die Wand gelehnten Leinwandtafeln – mit Acrylfarben hingekleckerte Farbflecken – haltmacht. Seine Bücherregale sind mit Zeitschriften vollgestopft: ›Diacritics‹, ›Neoliterate‹, ›Deutsche Zeitschrift für Philosophie‹, ›Context and Experiment‹. Diese Art Zeitschriften habe ich manchmal flüchtig in die Hand genommen und mich beim Durchblättern gefragt, ob irgend jemand diesen Quatsch wirklich liest. Aus seinen quadrophonischen Lautsprechern kommen die Klänge von Trauergeschrei über atonaler Musik, die sich in regelmäßigen Abständen zum Krachen und Knirschen eines Autounfalls steigert. Ich bin von Beispielen einer Tiefgründigkeit umgeben, die mich überfordert.

»Offensichtlich«, sagt er arrogant, »bin ich wohl kaum Standard.«

Also erzähle ich ihm, daß ich verheiratet bin. Er verzieht das Gesicht. Er ist mehr Standard, als er dachte. »Was bist du?« fragt er. »Eine gelangweilte Hausfrau? Bin ich das Gegenstück einer Partie Bridge oder eines Nachmittags bei Saks?«

»Keine Ahnung«, gestehe ich. »Vielleicht, aber ich

könnte nicht darauf schwören.« Dann sage ich als Entschuldigung für die Täuschung: »Wahrscheinlich hätte ich es dir vorher sagen sollen«, und meine damit, bevor wir zusammen im Bett waren, vielleicht, als wir noch auf Stühlen saßen oder beim Calder-Mobile rumhingen.

»Ja«, sagt er, »das hättest du mir eher sagen sollen.« Meine Unterlassung klingt nun wie ein weiteres Laster.

»Hätte das irgendeinen Unterschied gemacht?« frage ich neugierig.

»Das weiß ich nicht. Es ist eine hypothetische Frage.« Und gerade in diesem Moment wird er wieder hart, und er zieht mich für einen zweiten Durchgang an sich ran. Soll er nur so nobel, rein und heilig handeln, wie er will. Zwischen meinen Beinen verbuche ich die Punkte.

Hinterher zünde ich mir eine Zigarette an. Weit und breit kein Aschenbecher in Sicht. Er bietet auch nicht an, mir einen zu holen, und so behelfe ich mich mit dem letzten Zentimeter Brandy in dem Garnelenglas und sage: »Es gibt noch mehr.«

»Mehr?«

»Noch einen anderen neben meinem Mann. Und dir.« Ich erzähle ihm vom Killer. Keine Details, sondern nur, daß es noch jemanden gibt, einen weiteren Mann, mit dem ich schlafe. Den Mann meines Lebens kann und will ich nicht mit den anderen in einen Topf werfen.

»Ich bin also Nummer drei«, stellt der Multimediakünstler verärgert über diese Rangfolge fest.

Nein, du bist Nummer elf. Oder siebzehn. Oder hundertzweiundsechzig. Das würde ich ihm gerne sagen. Aber ich tue es nicht. »So ist es«, sage ich. »Du bist Nummer drei.«

Er sieht unglücklich aus, scheint aber auch ein Prikkeln zu spüren. Weil er, wie ich ahne, niemals zurückstehen will, sagt er: »Es wird dich wohl nicht erstaunen, daß auch ich einigermaßen herumgekommen bin.«

»Das will ich doch hoffen.« Ich lasse den Zigarettenstummel in das Garnelenglas fallen. Bei der Berührung mit dem Brandy zischt die Glut auf. Tabakkrümel schwimmen auf der Oberfläche wie Fischfutter.

»Ja«, sagt er. »Ich bin auch ziemlich herumgekommen. Und mit verheirateten Frauen hatte ich auch schon was. An verheirateten Frauen stört mich, daß sie einen immer manipulieren wollen.«

Daraus schließe ich, daß er lügt. Er war gewiß nie zuvor mit einer verheirateten Frau zusammen. Niemals.

Ich beuge mich vom Bett herunter, stelle das Garnelenglas auf den Boden und setze mich auf. »Ich manipuliere niemanden«, sage ich.

»Entschuldige. Du hast recht.« Er entschuldigt sich für das Stereotyp, nicht aber für die Lüge. Jetzt will er unbedingt das Thema wechseln, schaut auf die Uhr und sagt: »Ich muß bald zu einer Party. Möchtest du vielleicht mitkommen?«

»Das ist nett, aber nein danke. Ich kann nicht.«

Während wir uns anziehen, fragt er, womit mein Mann sein Geld verdient, welchen akademischen Grad er hat, und ob er auf seinem Gebiet bekannt ist.

Der Komik halber würde ich gerne sagen: Vielleicht bringe ich ihn her, dann kannst du noch seine Zähne untersuchen.

Statt dessen beantworte ich seine Fragen und beobachte dabei, wie er Pluspunkte gegeneinander abwägt. Wie mit einem Abakus – klick, schieben, schieben, klick, klick, schieben, notieren – wägt er seine Leistungen gegen die meines Mannes ab.

Als könnte ich die Worte sehen, die sich auf seinen Lippen formen wollen, sie erkennen, weiß ich, daß er mich wahnsinnig gerne auch nach dem Killer fragen würde, aber ich werfe ihm einen warnenden Blick zu: Spar dir die Mühe. Darüber spreche ich nicht.

Er reagiert auf mein Signal und fragt etwas anderes: »Kann ich dich wiedersehen?«

Ich wende mich zu ihm hin und stoße dabei das Garnelenglas um. Es zerbricht nicht, aber die Zigarettenreste – Tabak, Asche und der in Brandy aufgeweichte Filter – ergießen sich auf den Boden. Ein kleiner, aber schmutziger See. »Sicher«, sage ich, dränge mich blindlings nach vorn und trete mitten in die Zigarettensauerei.

Alte Liebe rostet nicht

Beim Aufwachen höre ich das Prasseln von Regen. Das ist ein phantastischer Tag zum Schlafen. Gerade will ich mich in einer Art Kokon einpuppen und mir die Decke über den Kopf ziehen, da höre ich das Telefon. Die Kessel-Schwestern sind am Apparat, allerdings hat nur eine von ihnen, die jüngste, den Hörer in der Hand. »Komm rüber«, sagt sie, »wir schmeißen eine Party!«

Die Kessel-Schwestern sind eine Einheit. Ich nenne sie *Kessel hoch drei*. Früher waren sie *Kessel im Quadrat*, doch dann ließ sich die Älteste von dem Schauspieler scheiden, der in einer Reihe von Werbefilmen für Deodorants aufgetreten war, und zog von Los Angeles zu ihren beiden Schwestern, so daß das Kleeblatt jetzt komplett ist.

Die Kessel-Schwestern sind sich altersmäßig so nahe, wie es biologisch überhaupt möglich ist, und sie sehen sich bemerkenswert ähnlich. Sie sind groß, dünn und kantig, und ihre Hälse sind so lang wie die Stengel wilder Blumen. Das blonde Haar fällt ihnen in Wellen den Rücken hinunter. Von hinten ist es unmöglich, sie auseinanderzuhalten, außer am Geruch. Die Älteste weigert sich, ein Deodorant zu benutzen. Wenn sie sich umdrehen, und man ihnen ins Gesicht sieht, bestehen sie nur aus Augen und Wangenknochen. Sie erinnern an Bilder von Modigliani: frappierend und schön.

»Eine Party?« frage ich. »Es ist noch früh. Ist es nicht noch früh am Vormittag?«

»Ja«, stimmt die jüngste Schwester zu. »Wir machen eine Mädchen-Party.«

Mädchen-Parties hatten wir mit elf oder zwölf Jahren, bevor wir zu pubertierenden Teenagern erblühten.

Diese Parties fanden ihr Ende, als die Jungs endlich fleischliche Realität wurden. Gelegentlich erlebten die Mädchen-Parties aber in College-Schlafräumen eine Neuauflage. In unseren schlampigsten Kleidern hingen wir wie verblühte Nymphen rum, aßen Pizza, »M&M«s und Kekse in abstoßenden Mengen und tranken Dessertwein aus Pappbechern. Wir unterhielten uns über Jungs und Sex, tanzten aber miteinander.

Ich halte bei einem Getränkeladen an, um meinen Beitrag zu dieser Party zu besorgen, eine in einen geflochtenen Korb gesetzte Fünfliterflasche Rotwein zu vier Dollar neunundneunzig plus Mehrwertsteuer.

Vor vielen Jahren habe ich einmal den gleichen Wein als Geschenk für einen Jungen gekauft, den ich mochte. Ich dachte, der Korb mache etwas Besonderes daraus, einen Luxuswein. Solche Erinnerungen schmerzen.

Ich komme aus dem Lift, und aus 6E, der Wohnung der Kessel-Schwestern, schallt die Stimme von Leslie Gore: »It's my party and I'll cry if I want to, cry if I want to.«

Bei meinem Eintritt brechen die Kessel-Schwestern einstimmig in freudiges Kreischen aus. Ich stelle den Wein auf den Küchentisch neben die Sara-Lee-Kuchendose, die bis auf ein paar Walnußkrümel leer ist.

»Na, habt ihr schon ohne mich angefangen?« frage ich.

»Nee, wir sind noch beim Aufwärmen.«

Die mittlere Schwester steht am Kühlschrank und nimmt eine Dose Eiscreme aus dem Gefrierfach. Schoko-Praline-Marshmallow.

Die jüngste Schwester durchwühlt die Besteckschublade nach Löffeln, während die älteste den Rotwein in Kaffeetassen einschenkt. Nicht nur wäre es unnötig, es würde auch unseren Absichten zuwiderlaufen, wenn wir uns mit solch netten Kleinigkeiten wie Dessertschälchen, Servietten oder Weingläsern abgäben.

Wir schaufeln gemeinsam Eiscreme rein, als wäre es ein Fondue, ein Topf für alle, und kichern uns einen, weil Eiscreme und Wein zum Frühstück einfach unmöglich ist und wahnsinnigen Spaß macht.

Noch etwas Besonderes ist an Wein und Eiscreme zum Frühstück: Wir sind in Null Komma nichts betrunken. Das übriggebliebene Eis schmilzt in der Dose, und wir liegen lang ausgestreckt auf dem Boden, auf der Couch oder hängen auf dem Stuhl rum, als baumelte da über der Lehne die Wäsche vom Vortag.

»Woll'n wir anonyme Telefonanrufe machen?« Der Vorschlag der Jüngsten ist überlegenswert, bis sie hinzufügt: »So was wie: *Läuft Ihr Kühlschrank noch?*«

»Macht keinen Spaß.« Die Mittlere schüttelt den Kopf.

Die Jüngste, die empfindlichste der drei, leidet unter der Ablehnung, daher versuche ich sie zu trösten: »Der Gedanke ist im Grunde nicht schlecht«, sage ich. »Mit den Anrufen sind wir auf der richtigen Spur.«

»Obszöne Anrufe.« Die mittlere Schwester möchte einfach irgendwelche Nummern anwählen und in unbekannte Ohren hinein keuchen und stöhnen.

Die älteste Schwester schenkt sich Wein nach und verkündet dabei: »1983 habe ich das ganze Jahr lang jede Nacht mit einem anderen Mann geschlafen. Dreihundertfünfundsechzig Tage. Dreihundertfünfundsechzig Männer. Ihr könnt euch nicht vorstellen, wie klein die Auswahl an Heiligabend war.«

»Was für ein Glück, daß es kein Schaltjahr war«, kicherte die jüngste Schwester. »Stell dir einmal vor, was für einen Mann du am 29. Februar finden würdest.«

Die mittlere Schwester springt auf. »Ich hab's. Wir holen uns 'nen Typen an den Apparat und sagen: *Ich habe mir gedacht, du solltest wissen, daß ich den Tripper habe.* Oder dieses Ungeziefer, das sich im Schamhaar ansiedelt. Wie heißt es? Räude? Krätze?«

»Filzläuse«, weiß die Älteste.

»Wie wär's damit?« Die Jüngste ist wieder in Form: *Ich bin schwanger, und es ist von dir.*

Wir halten uns den Bauch vor Lachen, bis wir uns mit Wein bekleckern. Wir lachen nicht deshalb so heftig, weil solche Anrufe besonders intelligent wären, sondern weil wir früher so etwas gemacht haben und uns mit Vergnügen daran erinnern.

Schließlich bleibt von dem Lachen nur noch ein Schluckauf, und die älteste Kessel-Schwester kommt mit einem völlig neuen Plan: Unsere erste Liebe ausfindig machen, das heißt, uns an den Typen erinnern und ihn dann anrufen.

»Und was sollen wir sagen?« nimmt die mittlere Schwester mir meine Frage aus dem Mund.

»Das, was wir nie gesagt haben, aber immer sagen wollten.«

Da die Kessel-Schwestern, bevor ich sie kannte, schon viele Jahre miteinander geteilt haben, erinnern sie sich an die Jungs vor meiner Zeit, außerhalb meiner Reichweite. Ich bleibe außen vor, als sie sich über die mittlere Schwester und ihre erste Liebe lustig machen, einen elfjährigen Jungen, der Beatle-Boots trug und in der Pause auf dem Spielplatz heimlich hinter der Rutschbahn Zigaretten rauchte. »Er war so cool«, erinnert sich die Mittlere. »Ein totaler Idiot. Ich war verrückt nach ihm.«

Die älteste Schwester erstickt fast vor Lachen bei der Erinnerung an den Jungen mit rötlichblondem Haar und Sommersprossen, so groß wie Pfennigstücke. »Wie hieß er noch gleich? Warum kann ich mich nur nicht an seinen Namen erinnern?« Sie fleht ihre Schwestern an, sie irgendwie darauf zu bringen.

»Er trug das ganze Jahr über karierte Flanellhemden«, ruft die Jüngste ein Detail in Erinnerung, »sogar im Sommer.«

»Und man konnte ihn oft beim Nasebohren ertappen«, rundet die mittlere Schwester das Bild ab.

Als würden die Kessel-Schwestern auf irgendeine Weise heimlich miteinander kommunizieren, wenden sich plötzlich alle drei gleichzeitig mir zu. »Warum bist du denn so still?« beschwert sich die Mittlere. »Willst du uns nicht von deiner ersten Liebe erzählen?«

Die erste Liebe steht nicht so eindeutig in Stein gemeißelt fest wie der erste Kuß, das erstemal Vögeln oder der erste Ehemann. Ohne eine förmliche Definition von Liebe bleibt der Begriff verschwommen, und so suche ich mir auf gut Glück etwas aus. Ich erzähle ihnen die Geschichte von dem Jungen, der einen blauen Mustang fuhr.

Der Junge mit dem tollen Auto ist aber nicht der Anfang der Geschichte. Daher beginne ich in der richtigen Reihenfolge mit meiner Entdeckung des Penis, auf den mich als erster mein Vetter aus Queens, der Junge mit dem Zahnbelag, aufmerksam machte. Seine Mutter, die mal ordentlich einen draufmachen wollte, mußte den Jungen übers Wochenende irgendwo unterbringen. Es blieb an uns hängen. In meinem Zimmer wurde ein Feldbett für ihn aufgeschlagen.

Meine Mutter packte uns in unser jeweiliges Bett, ging hinaus und machte die Tür hinter sich zu. Das mußte ja Ärger geben.

Sobald wir allein waren, fragte mein Vetter: »Hast du Filzstifte?«

Was für eine Frage! Ob ich Filzstifte hatte? Welche Farbe, Kumpel? »Rot, Blau, Hellblau, Pink, Purpur, Gelb...« Ich war mit dem Aufzählen noch nicht fertig, als er mich unterbrach: »Einfach einen schwarzen.« Mein Vetter hatte keinen Stil.

Er folgte mir zum Schreibtisch, und ich spürte seinen Atem im Genick, als ich den schwarzen Filzstift aus der Packung holte. Er schnappte ihn sich und hüpfte in mein Bett. Mit der einen Hand hielt er den Filzstift, und mit der anderen zog er die Schlafanzughose bis zu den Knien runter. Dann kauerte er sich zusammen und hielt die Hand schützend davor, so daß ich nichts sehen konnte, bis er fertig war.

Schließlich war er soweit, und zwischen Daumen und Zeigefingern richtete er es auf. Er hatte Augen und einen breit grinsenden Mund darauf gemalt. Das Löchlein vorne diente als Nase. »Hallo, du da«, es tanzte und sprach mit komischer Stimme. »Ich bin der Pfiffikus. Frag den Pfiffikus etwas. Der Pfiffikus kennt alle Antworten. Der Pfiffikus ist ein Genie.«

Ich konnte den Pfiffikus nichts fragen. Es hatte mir die Sprache verschlagen. Daß es ihn gab, hatte mich völlig überwältigt; ich war bestürzt, fasziniert und wütend. Wie konnte es sein, daß mein Vetter mit dem Zahnbelag ein Puppenspiel in der Schlafanzughose hatte?

Der Pfiffikus sang: »Happy Days are Here Again«, was auch schon das Äußerste an Unterhaltung war, was mein Vetter zustande brachte. Als das Lied zu Ende war, schlief er gleich ein. Ich dagegen war hellwach. Der Neid, glühender, nagender Neid, wirkte wie ein Aufputschmittel.

Ich rückte näher heran, nahm es in die Hand, stieß es zur einen Seite. Und dann zur anderen. Ich packte kräftiger zu, knuffte es, piekste es, zog daran, umklammerte es an der Kehle.

»Auuuu«, wimmerte mein Vetter im Schlaf.

Ich zerrte und drehte, versuchte es abzuschrauben, aber es gelang mir nicht, das Ding zu schnappen und in meiner Kleiderschublade unter den Socken zu verstekken.

Alle Jungen hatten so etwas, und man konnte es ihnen nicht streitig machen. Ich begehrte einen Penis mehr als irgendein anderes Spielzeug, einschließlich bunter Ekelgummitiere und eines Dreigang-Markenfahrrads. Kleinkram verglichen mit einem Penis. Mit einem Penis könnte ich weit kommen.

Fälschlicherweise nahm ich an, ich hätte vielleicht einen, der aber scheu war und etwas Ermutigung brauchte, um hervorzukommen, und so begann ich, mich dort zu streicheln. Ich will nicht sagen, daß ich nichts davon gehabt hätte, aber einen Penis brachte es nicht hervor. Schließlich mußte ich den Tatsachen ins Auge sehen: Ich hatte keinen Penis, und es gab auch keine Möglichkeit, an einen heranzukommen.

Also mußte ich mich damit begnügen, mit Jungs ins Gebüsch zu gehen und ihnen ein Angebot zu machen: Ich zeige euch meins, wenn ihr mir eures zeigt.

Wenn ich schon nicht meinen eigenen Penis haben konnte, machte ich zumindest das bessere Geschäft. Ich konnte die Penisse berühren, streicheln, damit hin- und herwackeln, sie oben zwicken, die Spitze küssen. Wenn ich dagegen die Unterhose hinunterließ, konnten die Jungs nur schauen und enttäuscht feststellen: »Da ist ja gar nichts.«

Dann war ich plötzlich – einfach so – von etwas anderem besessen. Vier- oder fünfjährige Pimmel verloren ihre Anziehungskraft. Ich entdeckte Großwild, den Teenager, der schräg gegenüber wohnte. Er war traumhaft. Er fuhr einen blauen Mustang und jobbte im Sommer als Badewächter im Country Club. Noch heute reagiere ich auf den kombinierten Geruch von Schweiß, Chlor und Sonnenmilch so wie die Pawlowschen Hunde auf das Läuten einer Glocke.

Kurz vor der Abendessenszeit stellte ich mich an seiner Einfahrt auf und wartete darauf, daß er in seinem Auto nach Hause kam.

»Wie geht's meinem Mädchen?« Als er mich hochhob, schwollen seine Muskeln an. Er warf mich in die Luft, als wäre ich ein Fußball. Über seinem Kopf wirbelte ich schwindlig durch die Luft, dann fing er mich wieder auf. »Oh«, sagte er, »in zehn Jahren kann man mit dir was anfangen.«

In zehn Jahren wäre er achtundzwanzig und ich beinahe fünfzehn. So lange konnte ich nicht warten. In mir stieg das Verlangen auf, mich auszudrücken, und zwar sofort; es pulsierte in mir, schwoll an und wurde zur drängenden Begierde. Ich konnte mich nicht länger beherrschen und boxte ihn gegen den Arm. Meine babyweichen Knöchel trafen auf seinen steinharten Bizeps. »Oh«, sagte er, »möchtest du kämpfen? Okay, dann also los. Nimm die Fäuste vor.« Ich sollte ihn noch einmal schlagen. »Diesmal aber mit ganzer Kraft.«

Ich tat wie geheißen, und er sackte zusammen und ging nieder. Schreiend krümmte er sich. Das erregte in der Nachbarschaft Aufsehen. Um uns herum sammelten sich Kinder und auch einige Eltern.

»Du hast ihm die Eier eingeschlagen«, warf mir einer der Jungens vor.

Es war ein Unfall. Ich hatte einfach ausgeholt. Daß ich mitten ins Schwarze getroffen hatte, war reiner Zufall. Ich wußte nicht einmal, daß es Eier gibt.

Ein Vater aus der Nachbarschaft half dem Badewächter auf die Beine, und meine Mutter brachte mich ins Haus, setzte mich auf die Couch und klärte mich über Hoden auf. »Männer sind dort sehr, sehr empfindlich«, sagte sie, »nie wieder darfst du einen Jungen auf diese Stelle schlagen. Du könntest ihm einen Schaden fürs Leben zufügen.«

Was hieß das? Ihm einen Schaden fürs Leben zufügen?

»Er könnte später mit Frauen nicht mehr glücklich sein«, sagte meine Mutter.

Nun, darüber konnte man nachdenken. »Haben Mädchen auch so eine Stelle?« fragte ich.

»Nein«, erklärte meine Mutter, »so eine nicht.«

Die jüngste Kessel-Schwester pickt sich die Walnußkrümel aus der Sara-Lee-Dose, kaut geistesabwesend darauf herum und starrt ins Leere.

Die älteste Schwester schüttelt den Kopf. »Der Kummer überwältigt mich«, sagt sie, »was für eine todtraurige Geschichte. Die süße Unschuld deiner ersten Liebe, und du hast es in etwas Furchtbares verwandelt.« Sie nimmt die Weinflasche, gießt Wein in ihren Becher und verschlabbert dabei die Hälfte über ihre Hände und auf den Boden.

»Ich wollte es nicht absichtlich zu was Häßlichem machen«, sage ich. »Es ist einfach passiert.«

»Ist es nicht immer so?« Die älteste Schwester ist den Tränen nahe. »Es ist so traurig.«

»Traurig?« mischt die mittlere Schwester sich ein. »Traurig? Das war doch lustig! Wieso macht dich das traurig? In Wirklichkeit war er sowieso nicht ihre erste Liebe.« Die mittlere Schwester ist oft sehr scharfsichtig.

»Ich muß kotzen.« Die älteste Schwester trägt ihren Becher mit Wein ins Badezimmer.

Noch ein Wolkenbruch. Der Regen läuft die Fensterscheiben hinunter, bevor er abtropft, haftet er am Glas. Und die jüngste Kessel-Schwester sagt: »Am besten, wir bestellen eine Pizza.«

Das Fasten brechen

Von Sonnenaufgang an habe ich ein komisches Gefühl, als würde mich jemand am Ärmel zupfen, oder als hätte ich einen Faden um den Finger gebunden, der mich erinnern soll: *Vergiß es nicht.* Dieses Gefühl belästigt mich beim Kaffeetrinken und während ich einen längst fälligen Brief schreibe, dusche und mich anziehe.

Ich rufe den Killer an: »Sollte ich noch an irgend etwas denken?« frage ich.

»Ja«, sagt er, »wir sind verabredet.«

»Nein, nein, das meine ich nicht. Irgend etwas anderes. Sollte ich Zigaretten mitbringen, oder Essen, oder Wein?«

»Das habe ich alles«, sagt er, »jetzt fehlst nur noch du.«

Als versuchten wir, aus einer Stunde mehr als sechzig Minuten herauszuholen, machen wir uns ohne Umschweife sofort ans Bumsen. Wir bumsen verzweifelt und dringlich, als hätten wir uns lange Zeit nicht gehabt, als fürchteten wir, uns nie wieder zu sehen. Wir bumsen, als müßte einer von uns beiden gleich in den Krieg.

Als wir fertig sind, liegt der Killer erschöpft da und möchte mich gerne umarmen, mit mir kuscheln. Er umfängt mich zärtlich, doch ich teile seinen Hang zur Gefühlsduselei nicht. Unter dem Vorwand, mir eine Zigarette anzünden zu wollen, entwische ich ihm und wühle in meiner Brieftasche.

Dann komme ich zurück, setze mich aber nur an den Rand des Bettes. Ich möchte nicht mein Gesicht gegen seine schweißnasse Brust drücken. Er versteht, warum ich aufgestanden bin, läßt seine Hände bei sich und bietet an, Essen zu machen.

Nachdem er seine Unterwäsche angezogen hat – türkisblaue Unterhose und schwarzes, ärmelloses T-Shirt – geht er zum Kühlschrank. »Wie wär's mit einem Nudelteller?« fragt er. »Ich habe Linguine hier. Etwas Butter. Ein paar Krümel Parmesan. Nichts Besonderes.«

Für diese Art Mahlzeit bin ich nicht hungrig genug. »Etwas Leichtes«, sage ich. »Nur eine Kleinigkeit.«

Er bringt ein Tablett ans Bett. Auf einem Teller liegen ein Büschel Trauben, zwei Äpfel und ein Messer. Er steckt mir die Trauben eine nach der anderen in den geöffneten Mund und zwischendurch Apfelstückchen. Als von dem Obst nur noch das Gerippe der Traubenstiele und die braunen Kerngehäuse der Äpfel übrig sind, fragt er: »Kaffee?«

Mit dem Kaffee bringt er vier Anislikörtoasts. Ich nehme einen und tunke ihn ein, so daß er sich wie ein Schwamm voll Kaffee saugt. Daß ich die Toasts so esse wie er, gefällt dem Killer.

Ihm eine Freude zu machen, bereitet mir durchaus Vergnügen, und deshalb tue ich es auch manchmal. Es ist so einfach, ihn glücklich zu machen. Ich stelle Tasse und Untertasse weg, nehme ihm seine aus der Hand und stelle sie neben die meine. Sanft drücke ich ihn auf das Bett zurück, und unter dem sorgenvollen Blick des gekreuzigten Jesu an der Wand ziehe ich ihm die Unterwäsche aus und küsse seine Knie, die Oberschenkel, den Bauch, die Leiste. Er stöhnt, und offen, feucht und begierig umfängt ihn mein Mund.

Wie gut es tut, wenn mein Lob gesungen wird! Ekstatische Schreie. Er bettelt, ich soll aufhören, weitermachen, mehr, oh bitte, und seine Augen rollen nach oben. »Ich kann's nicht mehr halten, Baby«, sagt er, und der Schuß entlädt sich direkt in meinen Mund. Ich schlucke, und es rutscht mir die Kehle runter, als wäre es eine Auster. Wie Austern ist auch dies ein wohlbekannter Geschmack.

Ich lasse ihn mein Haar streicheln und schaue hoch nach dem Fenster hinter ihm, wo ich am Sonnenlicht sehe, daß es schon auf Spätnachmittag zugeht. »Ich muß gehen«, und damit entziehe ich mich ihm.

Nicht aus Schamhaftigkeit wendet der Killer die Augen ab, während ich mich anziehe. Er schaut überall hin, zur Decke, auf den Boden, an die Wände, weil er es nicht sehen kann, wie ich mich zurechtmache, um ihn zu verlassen.

Eigentlich muß ich gar nicht sofort los. Bis zum frühen Abend könnte ich noch hier bei ihm bleiben, aber ich ziehe es vor, jetzt zu gehen.

Die Herbstluft läßt mich an den Geruch brennender Laubhaufen denken, sie erinnert mich an den Duft von Kürbissen und Ernte. Wunderschöne Kindheitserinnerungen, die aber nicht meine sind. Dennoch erweckt solche Luft in mir den Wunsch zu laufen, mich umzuschauen, Umwege zu gehen und Nebenstraßen zu nehmen.

Vor einem mit einem Eisengitter umfriedeten Backsteingebäude bleibe ich stehen. Eine Synagoge. Es kann geschehen, daß ich auf diesen Straßen, die ich manchmal täglich entlanggehe, dennoch plötzlich auf irgend etwas stoße – einen Wasserspeier, eine Buntglasscheibe, einen Innenhof, ein Rosenspalier, eine Synagoge – etwas, das ich noch nie zuvor gesehen habe. Jeder Schritt ist voller Entdeckungen, wenn, aber eben nur wenn ich schaue.

Ich war bisher erst zweimal im Inneren einer Synagoge: und zwar jeweils anläßlich der Bar-Mizwa-Feier eines Spielkameraden, der mit dieser Feier in die Männergemeinschaft aufgenommen wurde. Damals verbrachte ich jedoch den größeren Teil der beiden Gottesdienste draußen in den Toilettenräumen, wo ich mit Lidschatten und Zigaretten experimentierte und mir am Oberarm Knutschflecken machte.

Ich würde jetzt nur allzu gerne meine wachsende Neugierde befriedigen, in diese Synagoge hineingehen und mich ein wenig umschauen. Ich öffne das Eisenportal, doch als hätte sich vor mir der Boden geöffnet und ein Abgrund sich aufgetan, komme ich nicht an der Anschlagtafel vorbei. Auf der schwarzen Hinterglastafel ist in weißen Plastikbuchstaben angebracht:

> Yom-Kippur-Feier
> Kol Nidrei
> Kaddish für die Verstorbenen
> Abendfeier, Ne'illah

Yom Kippur. Der höchste Feiertag. Der Versöhnungstag. Er sollte mit Meditation und Gebet verbracht werden. Der Fastentag. Der Tag, an dem ein Jude nach Gottes Gebot nicht essen, trinken, arbeiten und spielen darf. Der eine Tag, der all die anderen ausgleicht. Vom Moment meines Erwachens an habe ich ihn verdorben.

Ich bleibe hinter dem Eisenportal, und mein Bauch ist voll – voll mit Kaffee, Trauben, Apfel, Anislikörtoasts und einem kräftigen Schuß katholischen Spermas.

Ein paar Sekunden bevor – vom samtigen Glanz des Abendrots umhüllt – die Sonne untergeht, erheben sich die Stimmen der versammelten Gemeinde zum Gesang: *Adon Olam Asher Malach Beterram Kol Yatzir Nivrach...*

Ich bin mit diesen Versen nicht vertraut, kenne ihre genaue Bedeutung nicht. Dennoch heben mich die Stimmen empor und tragen mich fort, weit weg. Dann ist das Lied zu Ende, und Stille bricht herein, durchschnitten vom Klang des Shofar, des Widderhornes. Ich aber eile in die Nacht hinaus, so wie ein wachsamer Geist entschwindet.

Ein Jude sollte nicht für Deutsche schwärmen

Der Multimediakünstler hat Clogs an den Füßen, eine Modeverirrung, die wohl sogar die Schweden inzwischen überwunden haben. Außerdem trägt er mit Farbe verfleckte Bluejeans und ein Sweatshirt mit Aufdruck. Ich versuche, die gotische Schrift zu entziffern: *Universität Heidelberg* steht darauf.

»Heidelberg?« Ich hebe eine Augenbraue.

»Ja«, sagt er. »Ich habe es von meinem letzten Besuch dort mitgebracht. Gefällt es dir?«

»Nein«, erkläre ich ihm, »es gefällt mir nicht.«

Er besucht Deutschland regelmäßig, weil er oft nach Berlin fährt. Berlin ist *das* Mekka für Künstler, seiner Zeit immer ein Stück voraus. Berlin ist Dreh- und Angelpunkt. Er hat viele deutsche Freunde.

»Stört es dich nicht? Fühlst du dich nicht unbehaglich?« Suchend schaue ich mich nach einem Aschenbecher um. Man hätte meinen sollen, er würde einen hinstellen, schließlich wußte er ja, daß ich vorbeikomme.

»Es ist eine neue Generation«, entschuldigt er sie, die Deutschen. »Außerdem sind meine Freunde alle Künstler und Wissenschaftler.« Es klingt so, als hätten nur Metzger und Kneipenbesitzer schuld.

Seine Zuneigung zu den Deutschen bestätigt einige Verdachtsmomente, die ich gegenüber dem Multimediakünstler hege. Erstens: Seine Sicht der Geschichte ist bequem und reicht nicht weit zurück; zweitens: Er ist geizig, dreht jeden Dollar zweimal um. Nur geizige Menschen können die Deutschen und ihre Knauserigkeit ertragen. Großzügig zeigen sich die Deutschen nur in zwei Dingen: Wenn sie einem Kartoffeln auf den Teller häufen, und wenn sie Menschen vergasen.

Der Multimediakünstler begeistert sich für den arischen Intellektualismus. Heidegger, Wittgenstein, Kant beeindrucken ihn zutiefst. Logik, Vernunft und Gedankenakrobatik, die ins Leere läuft.

»Wußtest du«, frage ich, »daß Kant unberührt war? Sein ganzes Leben lang hat er nie was mit einer Frau gehabt.«

»Natürlich weiß ich das. Jeder weiß das. Na und? Der Mann war brillant.«

»Allzu brillant kann er nicht gewesen sein«, merke ich an, »wenn er nicht mal an eine Möse rankommen konnte.«

»Er war zu Höherem bestimmt«, verteidigt der Multimediakünstler sein Idol.

Juden sollten wirklich keine Deutschen zum Idol haben. Nicht, daß der Multimediakünstler allzu jüdisch ist, aber ein Deutscher hätte da keinen Unterschied gesehen. Es war eine Überraschung für mich, daß der Multimediakünstler überhaupt ein Jude war. Daß er und ich Intimitäten, Körpersekrete ausgetauscht haben, konnte nur aufgrund einer wechselseitigen Fehleinschätzung unserer Identität geschehen.

Als ich ihn das erste Mal traf, kam er mir bekannt vor. Und tatsächlich ähnelt er jemandem, den ich kenne. Er ähnelt mir selbst. Von ihm könnte ich sagen: Wir kommen vom gleichen Ort. Auch seine Gesichtszüge stammen aus keinem bestimmten Land, sondern kommen von überall her. Teint und Haarfarbe gleichen der meinen, aber er trägt sein schwarzes Haar als Pferdeschwanz. Als ich ihn fragte: »Woher kommen Sie?« hatte er »Minnesota« geantwortet. Bei manchen Gegenden der Welt käme ich nie auf die Idee, einen jüdischen Bevölkerungsanteil zu erwarten: China, Honduras, Bali, Minnesota. Ich dachte, die amerikanischen

Juden wären im großen und ganzen auf New York und Kalifornien beschränkt, und nur ein paar vereinzelte wären auf halbem Wege zwischen den Küsten erschöpft in Chicago gestrandet.

Ich hatte keine Ahnung, daß der Multimediakünstler Jude war, bis er mit der Frage »Welchen ethnischen Hintergrund hast du?« das Thema zur Sprache brachte.

»Ich bin Jüdin«, sagte ich.

»Das kann doch wohl nicht wahr sein!« Nicht einmal als ich ihm von meiner Ehe erzählte, war er so bestürzt gewesen. »Ich habe nie mit jüdischen Frauen zu tun.«

»Warum?« fragte ich. »Was bist du?«

»Jude«, sagte er.

»Aus Minnesota?« Nur mühsam erhole ich mich von meiner Verblüffung. »Warst du der einzige?«

»Nein«, sagte er. »Wir waren viele. Nicht, daß Jude zu sein irgend etwas bedeutet hätte. Wir waren alle ziemlich assimiliert.« Es klang, als wären die Juden von Minnesota schon an Bord der Mayflower gewesen, wenn Juden dort Zugang gehabt hätten. Dann sagte er, als meine er, mir damit einen Gefallen zu tun: »Du siehst überhaupt nicht jüdisch aus.«

»Auch du bist für mich eine neue Erfahrung«, versicherte ich ihm. Ich halte mich grundsätzlich von jüdischen Männern fern. Eigentlich prinzipiell, doch der Mann meines Lebens ist Jude, auch wenn ich mich gelegentlich selbst an diese seine Eigenschaft erinnern muß, weil auch er sie aufgegeben hat.

»Ist dein Mann kein Jude?« fragte der Multimediakünstler.

»Angelsächsisch«, antwortete ich.

»Und der andere?«

Mit allem, was darin mitschwingt, intonierte ich: »Sizilianer.«

Die Fremden, die anderen, die Außenseiter, die finden mich exotisch, etwas Besonderes und wunderschön. Solche Männer zeigen nicht auf meine lackierten Fingernägel und zetern: »Typisch jüdische Prinzessin auf der Erbse!« Nur Juden haben eine derartige Verachtung für ihresgleichen, die Art von Verachtung, die dazu führt, daß sie schließlich von den Deutschen schwärmen.

Juden haben überhaupt keinen Grund, für die Deutschen zu schwärmen. Wir sollten uns von ihnen fernhalten. Das weiß ich aus der Geschichte und durch eigene Erfahrung.

Ich war damals fünfzehn und übernachtete in einer Jugendherberge in Amsterdam, weil ich mit einer Teen-Tour reiste und mir meine Unterbringung nicht aussuchen konnte. Auf dieser Teen-Tour war ich viel mit einem kräftigen, blonden Mädchen aus Maine zusammen. Wir waren ein gutes Team. Zwei hübsche Mädchen, doch in Stil und Geschmack so verschieden, daß keine der anderen ins Gehege kam.

Am letzten Abend in Amsterdam hatte ich eigentlich vor, früh schlafen zu gehen, doch das blonde Mädchen aus Maine kam zu mir und sagte: »Im Gemeinschaftsraum sitzt ein klasse Typ. Ich würde ihn gerne kennenlernen.« Der Gemeinschaftsraum war das, was in der Jugendherberge als Lobby herhalten mußte. Sie bat mich, mitzukommen und ihr Mut zu machen. »Danach kannst du schlafen gehen«, versprach sie mir.

Er hatte schulterlanges Haar. Seine Fingernägel schrien nach der Schere. Er war neunundzwanzig, Biochemiker und übernachtete in einer Jugendherberge statt in einem netten Hotel, weil er ein knickeriger Deutscher war.

Als ich um zwei Uhr nachts kurz aufwachte, war das Bett des blonden Mädchens leer. Schön für sie, dachte ich, obwohl es mir ein Rätsel blieb, was sie an so einem alten Hippie mit Clogs an den Füßen fand.

Beim Frühstück – das Gepäck lehnte schon reisefertig an den Stühlen – sagte das blonde Mädchen aus Maine: »Da ist er. Komm mit, wir wollen uns verabschieden.«

Er notierte ihre Adresse in einem abgewetzten Lederbüchlein. »And you?« Auch mich bat er um die Adresse. Europäer, insbesondere Nord- und Mitteleuropäer, tauschen Adressen aus wie wild. Zehn Minuten zusammen in einem Zugabteil gesessen, in einem Café zwei Worte miteinander gewechselt, und schon reißen sie ihr Adreßbuch hervor. Früher dachte ich, das sei ihre Art der Höflichkeit. Später verstand ich den wahren Grund: Sollten sie einmal in deinem Teil der Welt landen, können sie sich bei dir durchschnorren.

Als meine Teen-Tour zu Ende war und ich zu Hause ankam, fand ich vier Briefe vor. Briefe von jemandem mit einem idiotischen Namen – Fritz, Ralf, Kraut oder Krupp – ein Name für einen Hund. Er schrieb von seinen Reiseerfahrungen, und wie das dunkle, geheimnisvolle schottische Hochland ihn nicht mehr loslasse, ihn mit der Erinnerung an mich quäle, und ich fragte mich, wer zum Teufel ist der Kerl?

Vielleicht konnte das blonde Mädchen aus Maine das Rätsel lösen, also rief ich sie an. »Ja«, wußte sie, »der, mit dem ich in Amsterdam zusammen war.«

»Er muß uns verwechselt haben«, sagte ich. »Schreib ihm doch bitte und klär das auf.« Ich hatte keine Lust auf noch so einen schleimigen Brief.

Der fünfte schleimige Brief erklärte: Nein, er habe uns nicht verwechselt. Meine Freundin, das blonde christliche Mädchen, sei sehr nett, aber er wolle die Jüdin.

Ich zerriß den Brief in viele kleine Stückchen und warf ihn in den Müll. Ein Monat verging, dann rief er mich an. Er sei am Kennedy Airport, auf dem Weg zu einer Konferenz in Kalifornien, und würde gerne das

Wochenende bei mir zu Hause in New York verbringen.

»Ich wohne nicht in New York City«, sagte ich. »Ich wohne in einer Vorstadt. Die ist ganz anders als die City. Von hier aus bekommst du nichts zu sehen.«

»Ich möchte nur dich sehen«, sagte er.

»Bleib dran. Ich muß meine Mutter fragen.«

Die Antwort meiner Mutter war ein Schock, ein eiskalter Verrat. »Natürlich kann er kommen.« Sie sagte, wir würden uns über seinen Besuch freuen.

Meine Mutter und mein Stiefvater hielten ihn für einen netten jungen Mann. Sie mochten seinen Doktortitel und seine Manieren. So höflich. Er machte meiner Mutter Komplimente über ihre Kochkunst, wie es nur ein Deutscher fertigbringen konnte: sich begeistert über mit Zwiebelsuppenmix gewürzten Hackbraten zu verbreiten.

»Und was machen Ihre Eltern?« fragte mein Stiefvater den netten jungen Deutschen.

»Meine Mutter«, sagte er, »ist Bibliothekarin. Mein Vater ist verstorben. Er wurde vor meiner Geburt von den Russen für Kriegsverbrechen hingerichtet.«

Er verschluckte sich an einer Krokette.

Er müsse aufs Klo, entschuldigte er sich, und stand vom Tisch auf. So drückte er es aus – aufs Klo – was abstoßend war, und ich entschuldigte mich bei meiner Mutter dafür, daß ich den Nachkommen eines Nazis in Haus gebracht hatte. »Ich hatte nicht die geringste Ahnung davon«, sagte ich.

»Wirf dem Sohn nicht die Sünden des Vaters vor«, ermahnte mich mein Stiefvater.

»Oh, nichts davon betrifft uns«, wischte meine Mutter den Holocaust und einen Weltkrieg beiseite.

Kurz nachdem meine Mutter und ihr Mann schlafen gegangen waren, kam der Sohn des Nazis in mein Zimmer geschlichen. Er hatte zwar kein Bajonett, doch dafür preßte er seine Erektion gegen mich.

Ich schob ihn zurück. »Zisch ab«, sagte ich.

»Pardon?« So toll war sein Englisch nicht. *Den* Ausdruck hatte er nicht in seinem Wortschatz. Um mich verständlich zu machen, mußte ich ihn heftig vom Bett stoßen.

Er landete auf dem Boden und richtete sich wieder auf, aber nur bis auf die Knie. Kniend streckte er die Hand aus und versuchte, mich zu berühren. »Es tut mir leid«, flüsterte er mit seinem deutschen Akzent. »Bitte. Verzeih mir. Es tut mir so leid.«

Wie schade, daß ich zu jung war, das Potential, die Optionen einer solchen Affäre zu würdigen. Der Traum einer jeden Domina, und ich nutzte es nicht aus. Statt dessen sagte ich: »Verpiß dich aus meinem Zimmer, du Scheißer.«

Er ging zur Tür, und vor dem Hinausgehen sagte er liebevoll: »Du jüdische Hündin.«

Jetzt steht der Multimediakünstler vor mir, faltet ordentlich sein *Universität Heidelberg*-Sweatshirt und legt es auf einen Stuhl. Ich bin voll bekleidet und trete einen Schritt zurück, um ihn zu betrachten, seine Nacktheit und seine Blindheit gegenüber der Situation: Ein nackter jüdischer Mann, der für die Deutschen schwärmt.

Ehebruch für Eingeweihte

»Du bist früh zurück«, sagt mein Mann hinter seiner Zeitung hervor. Ich könnte auch ein Einbrecher oder ein böser Geist sein, der durch die Tür statt durch das Fenster eindringt, er würde es nicht merken.

»Es ist fast sieben.« Ich ziehe den Mantel aus. »Hast du etwas zu Abend gegessen?«

»Ein Sandwich.«

»Hast du mir etwas von dem Jarlsburg-Käse übriggelassen?«

»Es ist noch reichlich da.« Er blättert um. Die Zeitung raschelt.

Als das Telefon läutet, schneide ich gerade eine Tomate in Scheiben. Den Hörer klemme ich zwischen Ohr und hochgezogene Schulter. So habe ich die Hände frei und kann Mayonnaise aufs Brot streichen und den Käse auspacken, während ich die Frage kläre, was der Multimediakünstler wohl noch von mir will, da ich ja erst vor zwanzig Minuten von ihm aufgebrochen bin.

Er hat angerufen, weil er vergessen hat, mich zu fragen, ob ich morgen abend Zeit habe.

Ich lege den Hörer auf und nehme mein Sandwich mit ins Wohnzimmer.

»Kein Teller?« Mein Mann sieht zu, wie die Krümel des französischen Brotes in einem leichten Schneeschauer herniederrieseln.

»Das war der Multimediakünstler«, informiere ich ihn.

»Wer?«

»Der Multimediakünstler. Der Bekannte von mir, der malt, bildhauert, schreibt und komponiert, alles auf einmal.«

Mein Mann sieht immer noch verständnislos drein, also sage ich: »Der, bei dem ich heute nachmittag war. Er hat mich gerade zu einer Eröffnung morgen abend eingeladen. In Manhattan. Eine der Galerien in der 57th Street.«

»Das klingt nett«, sagt mein Mann.

Die beste Methode, der sauberste, sicherste Weg beim Ehebruch ist der: Wann immer es möglich ist, einfach die Wahrheit erzählen.

Die Wahrheit ist befreiend, man kann damit nicht auf die Nase fallen. Die Wahrheit in Grenzen natürlich. Man sollte nicht naiv und dumm sein. Man sollte seinem Mann nicht sagen: »Ich gehe jetzt zu meinem Lover, einem meiner Lover. Wir werden uns den ganzen Abend lang die Seele aus dem Leib ficken.«

Aber lügen wäre ein noch größerer Fehler. Niemals würde ich eine kranke Tante erfinden, niemals behaupten, eine Kessel-Schwester sei trostbedürftig und brauche mich an ihrer Seite. Auch würde ich nie vorgeben, Mittwoch abends an einem Italienischkurs teilzunehmen, denn eines Tages würde mein Mann gewiß sagen: *Allora, cara mia, parli un po d'italiano per me.*

Lügen, direkte Lügen, fallen auf einen zurück; plötzlich hat man den Kopf in der Schlinge und verfängt sich mit den Füßen in Fallstricken wie bei einem dieser chinesischen Springseile.

Bevor man heiratet, sollte man sich am besten mit der Frage auseinandersetzen: Bin ich eine Rumtreiberin?

Wenn die Antwort ja lautet, oder zumindest lauten könnte, ist es klug, einen Mann auszuwählen, der außereheliche Unternehmungen billigt. Ich meine nicht einen Mann, der für so eine offene Ehe ist, wo ihr – du, dein Partner für die Nacht und dein Mann – am nächsten Morgen alle zusammen am Frühstückstisch sitzt. Das ist krank. Lieber sollte man sich einen Mann aussuchen, der eigene Freunde und eigene Interessen an seiner Frau schätzt.

Am besten also einen Mann, der mit seiner Karriere, einem Sport oder seiner Geliebten genug zu tun hat.

Ehebruch ist nahezu unmöglich, wenn der Mann wie ein Frettchen ständig neugierig hinter einem herschnüffelt. Es kann auch nicht klappen, wenn der Ehemann besitzergreifend und unsicher ist.

Such dir einen Mann, der etwas Kaltes an sich hat.

Halte deinen Ehebruch sauber, die Geschichten stromlinienförmig.

Morgen abend kann ich den Multimediakünstler ohne jede Furcht treffen. Wenn ich dann herumstehe, Wein trinke und mir gespreizte Kommentare zu den Bildern anhöre, brauche ich mir keine Sorgen zu machen. So groß diese Stadt auch ist, die Kreise können klein werden und sich überschneiden. Doch sollte ich bei der Eröffnung in der Galerie jemandem begegnen, jemandem, der meinen Mann kennt, dann gibt es keinen Grund, in Panik zu geraten. Ich brauche nicht zur Tür zu stürzen oder mich in der Toilette zu verstecken. Ich habe niemanden hintergangen.

Unbeschwert kehre ich dann nach Hause zurück, und mein Mann fragt: »Wie war's?«

»Es gab diesen leckeren Käse«, kann ich dann antworten. »Der, den man zum Reifen in Vulkanasche schichtet.«

»Mobier.« Mein Mann kennt seine Käsesorten.

»Ja«, antworte ich. Und dann gestehe ich: »Die Bilder haben mir nicht gefallen. Hinterher sind wir noch zum Loft des Multimediakünstlers gegangen, und er hat mir erklärt, warum es sich um bedeutende Kunstwerke handelt, aber offengestanden, ich kapiere es immer noch nicht.«

»Klingt nach einem netten Abend.« Dann wird

mein Mann sich wieder seinen eigenen Dingen zuwenden wollen.

Und ich verziehe das Gesicht und sage: »Es war okay. Nichts Besonderes.« Und auch das wird der Wahrheit so nahe kommen, daß es ehrlich ist.

Söhne ungemein wohlhabender Männer

Er trägt ein häßliches Jackett und eine scheußliche Krawatte. Daß seine Kleidung, am Standard der 57th Street gemessen, schäbig ist, fällt ihm nicht auf. Eifrig mampft er Cracker und Räucherlachs, und die Leckereien auf dem Buffettisch hauen ihn um. »Stell dir vor, du könntest jeden Abend so essen.« Der Multimediakünstler wirft sich eine Erdbeere in den Mund.

Erdbeeren außerhalb der Saison. Ich hätte solche Dinge haben können. Ich könnte im gleichen Haufen wie George Bush und William F. Buckley mitlaufen. Der Gedanke macht mich schaudern, und ich versuche, mich zu erinnern: Habe ich je mit einem Republikaner gerammelt?

Meines Wissens jedenfalls nicht. Hätte ich jedoch damals diesen Skull-and-Bones-Typ geheiratet, hätte ich wahrscheinlich inzwischen massenhaft Republikaner gebumst – Skull and Bones sind nach wie vor die mächtigsten unter all diesen Verbindungen.

Meine Behauptung, ich hätte nie einen Republikaner gebumst, schließt auch den Skull-and-Bones-Typ mit ein, obwohl ich fast ein Jahr lang mit ihm zugange war. Eine verblüffende Tatsache. Natürlich habe ich nicht nur mit ihm – einem Jungen, der bis zu einem ersten, trockenen, schrumpeligen Kuß sechs Wochen brauchte – rumgemacht. Beim Kuß mit einem Welpen wäre mehr Zungen-Action rübergekommen. Nur einmal hat er meine Brüste berührt, und zwar so zaghaft, daß es vielleicht auch ein Versehen war. Er war irgendwie daneben.

An den Wochenenden nahm ich den Zug nach New Haven, wo er mich dann zu Diners, Bällen, zahllosen

Partys und Footballspielen mitnahm. Nachts schlief ich allein im Bett seines Zimmergenossen, der die Wochenenden in Poughkeepsie verbrachte.

Die Clique, in der dieser Skull-and-Bones-Typ verkehrte, schien sich auf einer Kostümprobe fürs Mittelalter zu befinden. Die Frauen waren dünnlippig, flachbrüstig und ohne Taille. Nicht mehr lange und ihre Körper würden Kühlschränken gleichen. Ich war davon überzeugt, daß keiner in dieser Gruppe jemals Spaß beim Sex hatte.

Eines Mittwochabends rief er mich einmal mit sich überschlagender Stimme an. Er war von einem Geheimbund angegangen worden. Von *dem* Geheimbund überhaupt. Skull and Bones. Eigentlich durfte er es nicht weitersagen, aber »dir mußte ich es einfach erzählen«, sagte er. »Das ist das größte Ereignis meines Lebens. Ich mußte es einfach mit dir teilen.«

Ich hatte gerade begonnen, ›The Nation‹, ›Mother Jones‹ und ›The Daily Worker‹ zu lesen, die ein sehr attraktiver Marxist mit blauen Augen auf dem College Walk an den Mann brachte. Skull and Bones ließ mich nicht gerade vor Begeisterung erschauern. Idiotische Bruderschaft, nicht einmal egalitär genug, um sich einen griechischen Namen zu geben.

»Schwör mir, daß du es niemandem weitersagst.«

»Wem sollte ich schon davon erzählen?« Es wäre mir peinlich gewesen, irgend jemandem zu erzählen, daß ich mit so einem Typ unterwegs bin.

Überwiegend aus Neugierde setzte ich unsere Treffen fort. Würde er jemals versuchen, mich zu penetrieren? Wann, wo und wie würde er den entscheidenden Zug tun?

Jedesmal wenn wir an dem Skull-and-Bones-Zentrum vorbeikamen – und das geschah Dutzende von Malen – blieb er stehen und sagte: »Also, da ist es. Das ist es.«

Es sah aus wie ein Mausoleum. Keine Fenster, verschlossen wie eine Gruft, als würden all die Unglückseligen, die nicht als Mitglieder auserwählt waren, für einen Blick ins Innere ihr Leben geben.

Wir hatten uns gerade auf mein Quengeln hin von einem absurden Bankett abgesetzt, und wieder einmal hielten wir vor diesem bedeutenden Ort an. Er holte tief Luft und sagte: »Ich möchte, daß du es siehst.«

»Ich habe es gesehen.« Es war nicht auszuhalten. »Jedes verdammte Mal, wenn wir hier langgehen, sehe ich es. Ein für allemal, ich habe es gesehen.«

»Ich meine von innen.« In seinem Flüstern lag bleischwer das Wissen um sein Vergehen. Gäste hineinzulassen war verboten. Grund genug, hinausgeworfen zu werden. Und damals waren Frauen dort drinnen ein Sakrileg.

Er ging vor und spitzelte in den Schuppen, um sicher zu gehen, daß niemand drin war. Ich wartete an der Ecke, bis er mich holte.

Schnell liefen wir dann über den Weg zum Gebäude. Während er die zwei Tore öffnete, hielt ich nach Passanten Ausschau. Das erste Tor war mit einem Vorhängeschloß versehen. Das zweite hatte ein Zahlenschloß wie ein Safe. Ich versuchte, ihm über die Schulter zu schauen, während er bis zur richtigen Zahl nach links, nach rechts und wieder nach links drehte, konnte aber nichts erkennen. »Das Schloß ist mit einem Hallraum verbunden«, erklärte er. »Wenn irgend jemand reinkommt, hören wir ihn rechtzeitig und haben genug Zeit, dich zu verstecken.«

Als hätte er Zauberworte gesprochen, glitt das Tor wie in einem dieser Märchen aus ›Tausend und eine Nacht‹ lautlos auf.

Ich setzte den Fuß auf einen Marmorboden. Mit einem Blick nahm ich hohe Decken und Zierleisten aus Mahagoni wahr, dazu dunkle, überladene Ölgemälde in vergoldeten Rahmen, offene Kamine und Treppenfluchten, die bis zum Himmel zu reichen schienen. Okay, das war also nicht das schäbige Haus einer Studentenverbindung.

Er führte mich in ein Zimmer, wo auf antiken Tischplatten, auf mit Schnitzereien verzierten Borden, auf Kaminsimsen und in allen Ecken und Winkeln Totenköpfe standen. Menschenschädel. Jeder Schädel war mit einem Namensschild aus Messing versehen, als handle es sich um einen gestifteten Stuhl oder eine in seligem Angedenken gespendete Kirchenbank. Es waren bedeutende Schädel, sie stammten von berühmten Männern.

»Das ist Cochese.« Dabei deutete er auf eine mit ungeschliffenen Türkisen besetzte Vitrine.

Die Totenschädel waren die Früchte des Initiationsritus, der das Bergen des Schädels einer verstorbenen Berühmtheit vorsah. Die jungen Männer mußten vor ihrer Aufnahme den Schädel von Aaron Burr oder Cotton Mather oder Boss Tweed herbeischaffen.

Der Vergleich mit der großartigen Leistung, Goldfische zu verschlucken oder sich als Gruppe von zweiundzwanzig Jungs in eine Telefonzelle zu quetschen, wäre naheliegend gewesen, hätte der Skull-and-Bones-Typ mir nicht Dokumente aus einem Aktenzimmer gezeigt. Es handelte sich um Eigentumstitel. Die Besitzurkunde für eine Insel in der Nähe von Neuschottland. Oder vielleicht war es auch Neuschottland selbst.

»Skull and Bones hat mehr Geld als Yale.« Er legte mir die Gesellschaftsstruktur auseinander, zählte Guthaben und Gewinne auf.

»Ihr erhaltet auch nach eurem Universitätsabschluß noch Dividenden?« Das wollte ich genau wissen.

»Mit Skull and Bones schließt man nicht ab«, sagte er. »Diese Verpflichtung behält man für immer. Es ist eine Ehe.«

Er legte die Akten beiseite und erklärte mir, jedes Mitglied gelobe, der Bruderschaft in seinem Testament einen ordentlichen Batzen des persönlichen Besitzes zu vermachen. »Nach unserem Tode«, sagte er. »Und natürlich lassen wir auch unsere Schädel hier.«

Da man Geld braucht, um Geld zu machen, waren die von Skull and Bones geworbenen Mitglieder die Söhne ungemein wohlhabender Männer. Und dann noch einige wenige, denen man zutraute, selber ordentlich was zusammenzuscheffeln. Zu letzteren gehörten jedoch nur ganz wenige. Das Spielen lag nicht in der Natur von Skull and Bones. Dies waren keine Menschen, die ihr Schicksal dem Fall der Würfel anvertrauen würden.

So etwas wie das Wohnzimmer hatte ich bisher nur auf Gemälden von Maxfield Parrish gesehen. Es lag ein paar Stufen tiefer, und sechs dorische Säulen leiteten zum Eingang hin. In Hufeisenform waren samtbezogene Stühle angeordnet. »Hier finden die Aufnahmeriten statt«, sagte er. »Hier erzählen wir unsere Lebensgeschichten.«

Jede Woche setzten sich die jungen Männer um den einen in der Mitte herum, der sich selbst enthüllte, alles erzählte. Nicht das Zeugs, das im Who's Who aufgelistet wird, sondern Geheimnisse. Tiefe, dunkle, schändliche Geheimnisse. Der Skull-and-Bones-Typ fügte beiläufig hinzu: »Wir sind dabei nackt.«

Ich versuchte gerade, dieses Häppchen zu verdauen, als das Echo des Zahlenschlosses donnerte, als käme der Tod selbst herein. »Ich muß dich verstecken.« Er erbleichte, und wir rannten nach oben. In einer kleinen Schlafkammer öffnete er einen Kleiderschrank und sagte: »Da rein.«

Mich in einem Kleiderschrank zu verstecken war nicht nach meinem Geschmack. Das Bett war zum Warten angenehmer. Also hockte ich mich mit angezogenen Knien darauf. Auf den seidigen Fasern der Bettdecke hinterließen meine Schuhe eine Spur, und ich grübelte über Yalestudenten nach, die sich splitterfasernackt bloßstellten. Was taten sie hinterher? Stiegen sie einfach wieder in ihre Boxer Shorts? Schlossen den Reißverschluß ihrer Flanellhose? Knöpften beiläufig das Oxfordhemd zu? Oder blieben sie nackt? Trieben sie ihre Scherze nach dem Bild englischer Schulknaben in Eton?

Diese Gedanken brachten mich auf eine Idee. Ich griff mir unter den Rock und zog den Slip aus. Ein schwarzer Seidenslip. Den legte ich neben einen mit einem Bronzeschädel verzierten bronzenen Aschenbecher auf den Nachttisch. Dann nahm ich den Aschenbecher und steckte ihn in meine Handtasche.

Der Skull-and-Bones-Typ rief: »Alles klar«, und kam die Treppe hoch. Ich verließ die Schlafkammer und lief ihm in den Flur entgegen, weil ich nicht wollte, daß gerade er meine Unterwäsche fand.

Auf der Straße blieb er gleich hinter der nächsten Ecke stehen und sagte: »Ich wollte, daß du es siehst, daß du es verstehst, denn ich möchte, daß du meine Frau wirst. Ich möchte dich heiraten.«

Mich heiraten? Welcher Idiot würde mich heiraten wollen, ohne meinen Körper zu kennen? Mich heiraten? Meine Haut begann zu jucken, und ich schaffte es noch rechtzeitig zum letzten Zug heim nach New York.

In den ersten Wochen danach rief er mich oft an, schrieb mir Briefe und bat mich, die Sache noch einmal zu überdenken. Auch einer seiner Freunde rief an, denn er machte sich Sorgen um ihn, Sorgen, er könne aus dem Gleichgewicht geraten. Ich fragte mich, ob dieser Freund wohl derjenige war, der meinen Slip gefunden hatte.

Zu Semesterende im Mai hörte ich, er habe sich mit einer Studentin verlobt, die ihre Abschlußarbeit über

Emily Dickinson schrieb, und dachte: Nun hat die Sache ein Ende.

Und so war es auch, bis auf zwei Zwischenfälle: Der erste war ein Telefonanruf um fünf Uhr morgens. »Wer ist da?« fragte ich, und eine Stimme sagte: »In Wirklichkeit sind wir dabei gar nicht nackt.« Als nächstes tauchte der Skull-and-Bones-Typ in New York auf und hämmerte wild gegen meine Tür. Ich öffnete, bat ihn aber nicht herein. Er stand vor der Schwelle und fragte: »Warum?«

»Du hast mich nie berührt«, erklärte ich ihm. »All diese Nächte, und du hast nie etwas getan. Du hättest etwas tun sollen.«

Er sank auf den Boden. Aus tiefstem Herzen entrang sich ihm ein jammernder Klageton. »Ich habe dich mit hineingenommen«, schrie er, »in Skull and Bones hinein. Ich habe dich in Skull and Bones mit hineingenommen.«

Ich schloß die Tür.

Den Morgenmantel ließ ich, wo er gerade hinfiel, und schlüpfte wieder ins Bett, schlüpfte wieder zu dem süßen Marxisten mit den blauen Augen, der den ›Daily Worker‹ an den Mann brachte. »Wer war das?« fragte er.

»Oh, niemand«, sagte ich. »Irgend so ein reicher Bubi.«

Schuldig wie die Sünde

Ich sitze vorgebeugt, so daß der Mann meines Lebens Einblick in meinen Ausschnitt hat. »Sag«, frage ich ihn, »welche Sünden hast du schon begangen?«

Gestern abend hat der Multimediakünstler mich zu einer weiteren Ausstellungseröffnung mitgenommen. Die zweite in einer Woche. Ausstellungseröffnungen sind offenbar das Grundnahrungsmittel seiner sozialen Diät. Sie füllen seinen Terminkalender: Do., 18.00, Paula Cooper; Fr., 17.30, Stux; So. 15.00, Artist's Space. Und so weiter und so fort. Er geht nur zu den besseren: wo Wein und Käse erste Qualität sind, die Förderer Geld haben, und wo es sich lohnt, gesehen zu werden.

Die Ausstellung in der West Broadway Gallery, auf der wir gestern abend waren, hatte das Thema: *Die sieben Todsünden*. Als wir von Leinwand zu Leinwand gingen, vom Kackbraun der *Faulheit* bis zu den rotpinken Wirbeln der *Wollust*, wollte der Multimediakünstler sich geistreich geben und fragte: »Welcher Sünden bist du schuldig?«

»Aller«, sagte ich.

»Ja«, stimmte er mir zu, »das glaube ich auch.«

Der Mann meines Lebens hat die Augen auf meine schwellenden Brüste gerichtet und behauptet, er habe sich keiner bestimmten Sünden schuldig gemacht. »Ich bin einfach schuldig«, sagt er. Er erklärt nicht warum, aber ich weiß, er ist dafür schuldig, daß er noch lebt, sogar relativ behaglich lebt, dafür, daß er nicht tot ist. Er streicht sich mit der Hand durchs Haar, das vom Alter trocken wird. Einige der silbrigen Strähnen stehen vom Kopf ab. Er hätte nie lange genug leben dürfen, um solcherart graues und schütteres Haar zu bekommen. »Und du?« fragt er, »fühlst du dich für etwas schuldig?«

Sich für etwas schuldig fühlen ist ganz und gar nicht das gleiche, wie sich einer Sünde schuldig gemacht zu haben. »Nein«, sage ich, »ich habe keine Schuldgefühle.« Manche Dinge tun mir leid, wie etwa, daß Menschen auf der Straße leben, Hungersnöte, Kriege oder Mastkälber in engen Boxen. Ich wünschte, es gäbe diese Dinge nicht, aber ich habe ihretwegen nicht das Gefühl, schuldig zu sein.

Das heißt nicht, ich hätte niemals ein Gefühl der Schuld gekannt. Doch. Dinge, für die ich mich schuldig gefühlt habe, sind: 1) Die Eins, die ich in Statistik bekam. Statistik war kein Fach, das zu meinen besonderen Talenten gehörte. Der Professor, ein jämmerlicher Mann, dessen Unterhosenrand immer über den Gürtel hinausragte, hatte sich ernsthaft in mich verguckt, und so machte ich ihm einen Vorschlag. Ich hoffte, aus dem Handel eine Zwei minus herauszuschlagen, und er gab mir eine Eins. Ich verdiente keine Eins. In keiner Hinsicht. 2) Ich fühle mich schuldig, wenn ich Ungeziefer, also Insekten, töte. Ich töte sie, weil ich sie nicht in meiner Nähe haben möchte. Aber ich halte es für falsch, ein lebendes Wesen nur deshalb zu vernichten, weil es einem lästig ist.

Das ist die komplette Liste der Dinge, derentwegen ich mich schuldig fühle. Außer natürlich der Schuldgefühle dafür, daß ich keine Schuld fühle. Nach einem Tag mit dem Killer zum Beispiel gehe ich heim, küsse meinen Mann auf die Lippen, unterhalte mich mit ihm, esse mit ihm zu Abend und denke mir nicht mehr dabei, als hätte ich den Tag mit einem Schaufensterbummel verbracht oder bei den Kessel-Schwestern eine Kleinigkeit gegessen, statt mir den Mund mit dem Schwanz eines anderen Mannes zu füllen. Manchmal stelle ich mich an solchen Tagen neben mich selbst und frage: Sollte ich mich nicht schuldig fühlen?

Das gleiche frage ich mich, wenn ich nutzlosen, teuren Kram kaufe, Nachtisch mit einer zusätzlichen Portion Schlagsahne bestelle, oder wenn ich dem Killer schwöre, nur mit ihm hätte ich Sex.

Daß ich im wesentlichen ohne Schuldgefühle bin, ist ein weiterer Beweis dafür, daß mein Erbe fadenscheinig geworden und eigentlich verloren ist. So, wie weder das Jiddische an mich weitergegeben wurde noch die Vorliebe für Gefilte Fisch, ein Rezept für Mohnplätzchen oder ein Paar Sabbatkerzen, so ist auch das jüdische Schuldgefühl über Bord geworfen worden.

Vom Hörensagen weiß ich, daß Juden angeblich unglaubliche Schuldgefühle empfinden sollen. Es liegt im Blut, in den Genen, der Tradition. Angeblich haben wir die Schuld erfunden. Gleichzeitig mit dem Aufkommen des Monotheismus entdeckten wir auch, daß wir nicht perfekt waren. Unser Messias ist nicht gekommen, weil wir Ihn nicht verdienen. Wir telefonieren nicht täglich mit unserer Mutter, wir haben in der Schule keine glatten Einser bekommen, wir räumen nicht immer ordentlich auf, und wir sind nicht gestorben, als so viele starben.

Jüdische Sünden sind Unterlassungssünden. Nicht, was wir tun, ist so schlimm. Schlimm ist das, was wir nicht tun. Ich empfinde zwar durchaus manchmal Bedauern über eine versäumte Gelegenheit, aber Bedauern ist etwas anderes als ein Gefühl der Schuld, und auf eine Ménage à trois zu verzichten ist nicht dasselbe wie eine Unterlassungssünde.

Vielleicht gibt es eine andere Art von Schuld, die ich mir aneignen kann. Später rufe ich von zu Hause aus den Killer an und frage ihn: »Gibt es so etwas wie katholische Schuld?«

»Das kannst du nicht ernst meinen.« Er ist von meiner Unwissenheit verblüfft. »Die Katholiken haben die Schuld erfunden.«

»Ich dachte, die Juden«, sage ich.

»Na ja, okay, aber...« Verächtlich verwirft er die jüdische Schuld als lumpigen Kleinkram. »Die Katholiken haben die Sache perfektioniert«, sagt er. »Wir haben das Patent darauf. Quälende Schuldgefühle, sobald es uns irgendwie gutgeht. Insbesondere wenn unser Schwanz dabei im Mittelpunkt steht. Als hätte Gott dem Mann den Schwanz nur gegeben, um ihn in die Falle zu locken. Schuld, wenn du an deinen Schwanz denkst. Schuld, wenn du ihn berührst, und sei es auch nur aus Versehen. Und wenn ein Mädchen ihn für dich berührt, könntest du ihm genausogut den Abschiedskuß geben. Nur, daß der Gedanke an einen solchen Kuß dich zwei Ave Maria und zwei Vaterunser kostet und du Buße tun mußt. Verstehst du, wir haben die Schuld zu einem Geschäft gemacht. Wir bezahlen dafür. Für die Qualität und für die Quantität. Wir müssen bei unseren Sünden auf dem laufenden bleiben, dürfen die Einzelheiten nicht aus den Augen verlieren. Sagen wir mal, ich gestehe im Beichtstuhl, daß ich meinen Schwanz fünfmal berührt habe, und erhalte Absolution – zu Hause erinnere ich mich dann, Shit! –, ich habe das sechste Mal vergessen, als ich ihn unter der Dusche einseifte. Nun bin ich für alle Ewigkeit verdammt.«

»Aber du kannst beichten«, merke ich an. »Die Absolution befreit dich von der Schuld.«

»Und wie lange«, fragt der Killer, »denkst du wohl, dauert der Zustand der Gnade? Noch bevor du zur Kirchentür raus bist, hast du schon den ersten schmutzigen Gedanken. Außerdem wird niemand bei der Beichte wirklich rein. Wir erzählen da Lügen.« Plötzlich verstummt er.

Ich spüre eine Veränderung in seiner Stimmung und

im Tonfall. So, wie ein Schatten sich niedersenkt, legt sich Mißtrauen über seine Stimme. »Warum fragst du das?« will er wissen. »Wo warst du? Tagelang habe ich dich nicht gesehen. Fühlst du dich wegen irgend etwas schuldig? Hast du etwas zu beichten?«

»Nein«, sage ich. »Ich fühle mich nicht schuldig. Ich fühle mich wegen gar nichts schuldig. Wegen überhaupt gar nichts.«

Hier bin ich, eine linkshändige Frau, Jüdin, verheiratet, glaube an Gott und begehe Sünden. Todsünden und läßliche Sünden. Ich habe sieben der Zehn Gebote gebrochen. Doch Gott hat nicht seinen langen Arm vom Himmel herniedergestreckt und mich auf den Mund geschlagen. Ich winde mich nicht vor inneren Qualen, mein Gewissen martert mich nicht. Mein Schlaf ist der der Unschuldigen.

»Weißt du«, der Killer hat noch einen Gedanken, »das Komische daran ist, die Heiligen, die Heiligen waren Sünder. Ja, die Heiligen, die haben schwer gesündigt.«

Zwei

Der einzige Sohn

So unvermittelt, wie er in mein Leben eingetreten ist, betritt der Killer das Café Dante. Seinen schwarzen Fedora hat er tief ins Gesicht gezogen. Im Mantel und mit schwarzen Lederhandschuhen tritt er durch die Tür und erblickt mich auf Anhieb, ohne sich erst nach mir umschauen zu müssen. Er weiß genau, wo ich sitze. Er kommt direkt an meinen Tisch und zieht einen Stuhl vor, genau den Stuhl, den seine Mutter erst vor einem Augenblick geräumt hat.

»Du wartest noch nicht lange, oder?« fragt er. Er ist immer pünktlich, und auch ich lege Wert auf Pünktlichkeit, denn wenn ich mich auch nur fünf Minuten verspäte, will er schon wissen, warum.

»Ich bin zu früh gekommen«, antworte ich. »Vor einer Stunde ungefähr.«

»Und was hast du die ganze Zeit gemacht?« fragt er.

Die Mutter des Killers ist schon seit Jahren tot, und so erwarte ich Spott auf meine Antwort: »Deine Mutter war hier.« Aus dem Jenseits kam sie und sprach ihren Part.

Er spottet jedoch nicht. Er sagt gar nichts, und ich frage: »Was ist eine *puttana*?«

Seine Hand fährt zur Wange, und der Mund klappt ihm auf. »So hat meine Mutter dich genannt? Meine Mutter hat dich eine *puttana* genannt? Einen schlimmeren Namen kann man einer Frau nicht geben. Warum hat sie dich so genannt? Was hat sie noch gesagt?«

Als ich gerade ansetzen will, unterbricht er mich. »Warte«, sagt er. »Von Anfang an. Was war hier los?«

Es war so: Ich saß hier, trank meinen Kaffee und

kümmerte mich um meinen eigenen Kram, als sie plötzlich da war, auf dem Stuhl mir gegenüber sichtbar wurde. Stahlharte Augen, graues Haar und ein schwarzes Kleid. Obwohl ich ihre Beine unter dem Tisch nicht sehen konnte, wußte ich, daß sie ihre schwarzen Strümpfe zum Knie heruntergerollt trug. Es konnte keine Verwechslung sein. Ich hatte ihr Bild gesehen, ein von einem Fotografen aufgenommenes Portrait, das in einem Goldrahmen auf dem Schreibtisch des Killers steht. Außerdem steckte an ihrem Kleid die Granatbrosche, die ich trage, die Brosche, die der Killer mir geschenkt hat. »Sie hat meiner Mutter gehört«, hatte er gesagt. »Sie würde gewollt haben, daß ich sie dir gebe.«

»Die gehört mir«, sofort hatte sie sie entdeckt. »Woher haben Sie die? Die hat mir mein Mann geschenkt!« Sie langte über den Tisch, um sich ihren an meinem Kragen steckenden Granatschmuck wiederzuholen.

»Ihr Sohn hat mir die Brosche gegeben«, erklärte ich ihr. »Er sagte, Sie würden gewollt haben, daß ich sie bekomme.«

»Keineswegs! Ich möchte nicht, daß Sie sie tragen.« Aber sie ließ los, gab auf und sagte: »Ach, Sie haben ihn so durch die Mangel gedreht. Er ist vollkommen plemplem. Denken Sie, das weiß ich nicht? Ich weiß es. Ich sehe, was los ist. Ich sehe, was Sie mit ihm machen. Ich sehe, wie er für Sie kocht. Meine Rezepte kocht er für Sie. Das ist nicht richtig, daß ein Mann für Sie kocht. Ich habe meinen einzigen Sohn nicht dazu aufgezogen, daß er für eine *puttana* Essen kocht. Was ist los, wissen Sie nicht, wie man ein Essen kocht?«

»Ich kann kochen.«

»Ach ja?« Sie forderte mich heraus. »Dann sagen Sie mir mal, was Sie Ihrem Mann so kochen.«

Da sie von meinem Mann wußte, wußte, daß ich überhaupt einen Mann habe, glaubte ich nicht, mich mit einer Lüge aus der Affäre ziehen zu können. »Ich wärme Fertiggerichte auf«, gestand ich.

»Fertiggerichte«, wiederholte sie und schüttelte traurig den Kopf. »Und wie lange seid ihr schon verheiratet?«

»Vier Jahre«, antwortete ich.

»Vier Jahre lang hat Ihr Mann nichts als aufgewärmte Fertiggerichte bekommen? Und damit gibt er sich zufrieden?«

»Wir gehen oft essen«, erklärte ich. »In Restaurants.«

»Vier Jahre, und der Mann hat kein hausgemachtes Essen gegessen. Und nach vier Jahren Ehe noch keine Kinder. Wie kommt es, daß Sie keine Kinder haben? Ist Ihr Schoß so verdorrt wie Ihr Herz? Ist es das?«

»Es gibt so etwas wie Geburtenkontrolle«, erklärte ich. »Ich muß nicht jedes Jahr ein Kind in die Welt setzen, wenn ich nicht will.«

»Hey«, sie blähte die Nüstern, »red nicht mit mir, als wäre ich irisch. Keiner hat hier was davon gesagt, es so wie die Iren zu machen. Diese Scaramouch: dreizehn, vierzehn Kinder, und dem Priester den Arsch küssen. Aber zwei, drei Kinder! Eine Familie. Es ist nicht natürlich, so zu leben wie Sie. Was ist los mit Ihnen? Haben Sie keine Zeit, Mutter zu sein? Zuviel zu tun mit Gesicht bemalen und Achselhöhlen rasieren?«

»Jetzt fangen Sie auch mit den Achselhöhlen an?« fragte ich. »Was ist das? Ein Familientick?«

Der Killer mag zwar, daß ich Make-up trage und ein Parfüm verwende, dessen Duft hinterher, wenn ich weg bin, noch eine Weile in seinem Bett hängt, aber er wünscht, er besteht sogar darauf, daß ich mich nicht unter den Armen rasiere. Doch ich gebe nicht nach. Ich rasiere mich weiterhin, und er birgt weiterhin den Kopf dort, wischt einen Schweißtropfen mit dem Finger auf und schnüffelt und schmeckt daran wie ein Halbwüchsiger, wenn er zum ersten Mal den Finger in ein Mädchen gesteckt hat.

»Genug gequatscht«, die Mutter des Killers setzte dem Small talk ein Ende. »Ich möchte, daß Sie meinen Sohn in Ruhe lassen. Er weiß nicht, wie man mit Ihnen umgehen muß. Er ist empfindsam. Schlägt seinem Vater nach. Einfach zu gefühlsbetont.«

»Er ist ein erwachsener Mann«, erinnerte ich sie. »Durchaus in der Lage, für sich selbst zu sorgen. Er braucht keine Mutter, die auf ihn aufpaßt«, sagte ich. »Er ist stark.«

»Stark?« schnaubte sie. »Stark? Er hat nicht mal eine Kanone. Stark, ha! Sie könnten ihn verletzen. Sie sind schlecht.«

»Ich bin gut«, sagte ich, von der Anschuldigung zutiefst getroffen. »Ich bin ein guter Mensch«, doch konnte ich nicht die richtige Überzeugung in diese Behauptung legen, denn wieviel, und was genau, wußte sie? Bei welchen Gelegenheiten beobachtete sie mich?

»Er braucht eine gute Frau«, sagte sie. »Nicht so eine *puttana*. Ich sage Ihnen, lassen Sie meinen Sohn in Ruhe.«

»Und was, wenn ich das nicht tue?« Ich kann sehr willensstark sein, auch wenn es nicht einfach ist, einem Geist in die Augen zu sehen. Sie konnte sich mir viel besser entziehen, als mir das jemals gelingen wird, solange ich auf dieser Erde unter den Lebenden weile.

»Ich könnte Ihnen das Leben zur Hölle machen«, warnte sie mich.

Ja, sie könnte mein Leben in der Tat schwierig machen, so wie ein Dibbuk meiner Religion, der nur zum Spaß wilde Verwüstungen anrichtet und Streiche spielt, wie nur die Toten es können. In der Hoffnung, mit ihr zu einer Einigung zu kommen, sagte ich: »Sie wissen, daß es schlimmer sein könnte. Er könnte es schlimmer treffen als mit mir. Er ist als Mann reif für eine Lamia, einen Geist, der träumende Männer verführt, Männer, die Träumer sind, Männer wie Ihren Sohn. Angesichts dieser Alternative bin ich gar nicht so schlimm. Und wissen Sie eigentlich, wie unglücklich er wäre, wenn ich ihn verließe?«

»Sie werden ihn sowieso eines Tages verlassen. Warum damit warten?« Sie, dieser Geist, wußte Dinge über die Zukunft.

»Weil ich ihn bis dahin glücklich mache. Er liebt mich, wissen Sie?«

»Liebe«, sie verzog das Gesicht.

»Liebe«, sagte ich. »Wahre Liebe. Die hat er gefunden. Er hat sie. Er hat sie für mich. Was auch immer ich sein mag, er liebt mich. Wie vielen von uns«, fragte ich sie, »gelingt es im Laufe unseres Lebens noch, Liebe zu finden?« Das bezog sich auf sie. Romantische Liebe, das wußte ich, hatte nicht zu ihrem Leben gehört. Der Killer hatte mir erzählt, wie sie ihn schon vier Monate in ihrem Schoß getragen hatte, bis sein Vater das Richtige tat und sie heiratete, sie, eine Frau, die er nicht liebte. Und vielleicht sprach ich auch von mir selbst. »Verweigern Sie ihm nicht die Liebe«, sagte ich.

Bevor sie sich auflöste, nahm sie meine Bedingungen an, einigte sich mit mir. Schließlich waren wir, sie und ich, uns sehr ähnlich: Eigensinnig und berechnend spielten wir mit dem Schicksal ihres einzigen Sohnes.

»Von Anfang an«, sagt er. »Was war hier los?«

Drei verschiedene Tüten

Die mittlere Kessel-Schwester und ich sind uns einig, daß es wieder einmal Zeit ist: Wir treffen uns in der Grand Central Station beim Fahrkartenschalter, dort, wo an der Decke die Sternbilder sind.

Wir haben jede eine weiße Papiertüte dabei – einen Behälter mit Kaffee und ein Muffin. Nahrung für die Reise, Stärkung für das Abenteuer.

Unser Zug dringt weit in die Peripherie vor, in andere Welten. Wir fahren durch die Vorstädte zum Second-Hand-Lager der Junior League und suchen nach Kleidern von Verstorbenen.

Der Schaffner, der zu jung aussieht, um überhaupt irgendeine Uniform zu tragen, knipst unsere Fahrkarten ab, und die Kessel-Schwester stellt mir eine Frage. »Meinst du, wenn wir reich wären, wirklich reich, würden wir das auch noch machen?«

Die Antwort bedarf keiner Überlegung: »Ja. Absolut«, sage ich. »Das Geld ist unwichtig.«

Meine Vorliebe für die Kleider der Verstorbenen habe ich seit meiner Studentenzeit, als mein Budget klein war, meine Begeisterung für schöne Dinge, gute Stoffe und elegante Schnitte dagegen groß. Die Kleider der Verstorbenen konnte ich mir nicht nur leisten, sie schmeichelten auch meiner Figur und meinen empfindsamen Sinnen. An den Kleidern der Verstorbenen hafteten wundervolle Gerüche – nach Duftkissen, nach Zigarettenrauch und nach einem letzten Hauch von verfliegendem Parfüm. Außerdem hängen Geschichten an den Kleidern, und so kann ich mich fragen, ob das offenherzige Spitzenkleid aus den zwanziger Jahren vielleicht bei einem Tanz auf den Tischen einer Flüsterkneipe getragen wurde, welche Art von Männern die Fransen des bestickten Umschlagtuches befingert haben, und ob die Trägerin der Satinpumps wohl allein durch den Regen nach Hause gegangen ist. Inzwischen habe ich etwas verstanden: Die Dinge überleben die Menschen. Das Kleid hält länger als die Romanze.

»Nichts ist dem vergleichbar, oder?« sagt die Kessel-Schwester. »Der Adrenalinstoß, wenn man einen perlenbestickten Kaschmirpullover ausgräbt, an dessen Ärmel ein 50-Cent-Schildchen geheftet ist.« Einen solchen Fund vergleicht sie mit einer archäologischen Ausgrabung, der Entdeckung einer Tonscherbe zum Beispiel, deren Wert weit über den monetären Aspekt hinausreicht.

Die Aussicht aus dem Zugfenster wandelt sich von ausgebrannten Gebäuden zu Lagerhäusern und Fabrikhallen, und auch unsere Unterhaltung bewegt sich weiter. »Nun habe ich diese Woche schon zum dritten Mal geträumt«, sagt die Kessel-Schwester, »ich wäre mit dem Auto von einer Brücke hinuntergestürzt. Das ist ziemlich unheimlich, wenn man bedenkt, daß ich nicht einmal Auto fahre.«

»Träume«, sage ich, und lächele schelmisch, um sie zu ködern. »Hör mir auf mit Träumen!«

Die mittlere Kessel-Schwester ist ein Traum-Fan, fährt auf Traumanalysen ab, stochert in der Psyche herum und entdeckt das Unbewußte. »Du hattest einen saftigen, stimmt's?« Für ihr Leben gerne würde sie ihn hören.

»Da kannst du wetten«, spanne ich sie auf die Folter. »Ziemlich saftig.«

»Erzähl schon, erzähl schon«, sie hüpft auf dem Sitz rum, knufft mit der Faust gegen die Armlehne.

Der Traum ging so: Ich war in einem Wald. In einem dunklen Wald, es war aber nicht Nacht. Ich war nackt bis auf ein Cape, das nur am Hals geschlossen war und ansonsten offen herunterhing. In der rechten Hand trug ich einen mit Blütenblättern gefüllten Korb, so wie die Brautjungfer bei einer Hochzeit. Mit der Linken warf ich wie verrückt die Blütenblätter in alle Richtungen. So plötzlich, wie es nur in Träumen geschieht, verwandelten sich die Bäume in Schwänze. Riesige Schwänze, die hoch über mir aufragten. Ich schaute zu Boden, und all die Pilze waren klitzekleine Schwänze direkt vor meinen Füßen. Ich hatte Angst, ich könnte auf einen drauftreten und ihn zerquetschen. Die Atmosphäre erregte mich, und ich versuchte, einen der Baum-Penisse zu besteigen, den größten, den riesigen Mammutbaum unter den Schwänzen. Doch vergebens. Als nächstes hockte ich mich über einen der Pilze, doch der war viel zu klein. Zwischen Baum-Penissen und Fungus-Schwänzen schoß ich hin und her, in der Hoffnung, daß einer passen würde. Es paßte aber keiner, und ich schrie: »Es muß doch eine Möglichkeit geben!« Da wachte ich auf.

Die Kessel-Schwester starrt mich an, und ich frage: »Also, was meinst du dazu?«

»Ich bin kurz vorm Verhungern.« Sie holt ihr Muffin aus der weißen Papiertüte. »Total ausgehungert.« Sie beißt hinein.

Es gibt Methoden, Regeln und Richtlinien für das Einkaufen in Second-Hand-Lagern. Am besten hält man sich an Machiavelli: Teile und herrsche. Die Kessel-Schwester nimmt sich *Röcke* vor. Ich gehe zu *Jakken*.

Als ich flüchtig ein Durcheinander von düsteren Tweed-, Kord- und Manchesterjacketts durchgehe, lockt mich ein Stückchen Stoff zwei Kleiderstangen weiter. Die Farben gefallen mir – Pink, Orange, leuchtende Blautöne, lebhaftes Grün – und ich gehe hin. Es ist eines dieser mit tropischen Früchten gemusterten Hawaiihemden – Mango, Papaya, Ananas. Phantastisch! Eine Augenweide bis hin zu den an Kokosnußschalen erinnernden Holzknöpfen.

Das Stück ist einfach zu hübsch, um es wieder auf die Stange zu hängen, aber selbst wenn ich ein so fröhliches Hemd tragen würde, wäre es mir um Meter zu groß.

Ich beschließe, es für den Killer zu kaufen, und nachdem ich diesen Schritt getan habe, suche ich nach einer Krawatte für den Multimediakünstler. Die Krawatte, die er bei der Ausstellung in der 57th Street getragen hatte, war aus Kunstfaser und hatte Flecken. »Was hältst du von meiner Krawatte?« hatte er gefragt und sie ein wenig angehoben, als wenn mir daran gelegen wäre, sie näher zu betrachten. »Es ist die einzige, die ich habe.«

Der Krawattenständer im Second-Hand-Lager der Junior League dreht sich wie das Drehkarussell auf einem Spielplatz und bietet eine Kakophonie von Krawatten in allen Farbtönen zur Auswahl. Beim Durchsehen schließe ich die verfleckten, die mit den abgeschabten Kanten und die zu grotesken von vornherein aus. Schließlich entscheide ich mich für zwei: eine schwere, kastanienbraune Seidenkrawatte und eine blaue Krawatte mit einem Muster silbriger Art-Déco-Bläschen.

Mein Mann ist nicht der Richtige für ein Hemd mit Früchtemuster oder eine Bläschenkrawatte. Im allgemeinen sind ihm die Kleider von Verstorbenen unangenehm. Er besteht darauf, daß ich sie reinigen lasse, bevor ich sie in den Kleiderschrank hänge. Doch da ich Geschenke für den Killer und den Multimediakünstler kaufe, wäre es unmoralisch, mit leeren Händen, mit gar nichts, zu meinem Mann zurückzukehren.

Dagegen spiele ich nicht einmal mit dem Gedanken, hier nach einem Geschenk für den Mann meines Lebens zu suchen. In einem Lager, das mit den Dingen von Verstorbenen angefüllt ist, liefe ich Gefahr, etwas zu kaufen, das einmal ihm selbst gehört hat.

Mit einem gänzlich aus Muschelschalen und Pfeifenreinigern zusammengesetzten Schiffchen würde ich meinem Mann keine Freude machen. Auch der Kaffeebecher – »Freiwillige Feuerwehr Elmsford«, steht in Goldbuchstaben darauf – mit abgebrochenem Henkel wäre nicht nach seinem Geschmack. Nach einem einzigen Blick auf den orangefarbenen Aschenbecher aus einem aufgelösten Playboy-Club würde er fragen: »Warum hast du denn den gekauft?«, und ich würde nicht antworten wollen: »Weil ich dich nicht auslassen wollte.«

Es ist daher gut, daß ich den Rand-McNally-Atlas von 1953 entdecke; er hat einen Ledereinband und ist bestens erhalten. Falls sich nicht zwischen den Seiten die Silberfischchen vermehren, wird er meinem Mann Vergnügen bereiten. Mein Mann mag Karten.

An der Kasse breite ich meine Sachen ordentlich aus. »Ist das alles Ihres?« fragt die Kassiererin. An ihrem korallenroten Kittel steckt ein Schildchen mit der Aufschrift: Ehrenamtliche Kraft.

»Ja, alles meins«, erkläre ich. »Ich zahle alles zusammen, aber könnten Sie die Sachen bitte in drei verschiedene Tüten packen?«

Draußen warte ich auf die mittlere Kessel-Schwester. Sie kommt mit zwei vollgestopften Einkaufstüten, mustert meine mickrigen Erwerbungen und fragt: »Ist das alles? Geht's dir gut?«

Ich versichere ihr, daß es mir blendend geht, und wir gehen in eine Imbißbar, einen Kaffee trinken.

Als wir am Tisch sitzen, erzählt die Kessel-Schwester: »Ich habe drei Mäntel gekauft. Was mache ich nur mit drei Mänteln?«

Ich schlage das Naheliegendste vor. Sie könnte jeder

ihrer Schwestern einen abgeben, doch die mittlere Kessel-Schwester will nicht teilen, wenn es um ihre Kleider von Verstorbenen geht, und redet sich ein, sie müsse alle behalten. »Wer weiß, vielleicht kommt einer dieser eiskalten Tage, und dann ist ein Mantel allein nicht warm genug.«

Ich stimme ihr zu, man könne nie wissen, wie kalt es noch werde, und mache sie darauf aufmerksam, daß wir uns beeilen müssen, wenn wir es noch zum Zug schaffen wollen. Sie zahlt für den Kaffee, ich lasse ein Trinkgeld da, und gleichzeitig mit dem Zug treffen wir im Bahnhof ein.

Erst als wir sitzen und der Zug anfährt, fällt mir ein, daß ich meine drei Einkaufstüten an unserem Tisch in der Imbißbar habe stehen lassen, und obwohl ich eigentlich verärgert sein sollte, stelle ich fest, daß ich froh bin, nichts mehr tragen zu müssen.

Buch führen

Meine Mutter hat angerufen und erzählt von der Grabsteinsetzung zu Ehren meiner Großtante Lila. Lila war eine Verwandte väterlicherseits. In gewisser Hinsicht pflegt meine Mutter die Bande mit der Familie meines Vaters, als wäre sie eine routinierte Witwe. Sie geht zu ihren Hochzeiten und Begräbnissen und lädt sie einmal jährlich zum Essen ein.

Ich habe noch nie eine Grabsteinsetzung miterlebt. Und auch noch kein Begräbnis. Als meine Großmütter im Abstand von mehreren Jahren starben, sagte meine Mutter jedesmal, ich sei noch zu klein, um bei einem so bedrückenden Ereignis dabeizusein. Meine Großväter waren beide schon vor meiner Geburt gestorben. Auf die eine oder andere Weise halten sich die Männer in meiner Familie nie lange.

Falls solche Zeremonien – Begräbnis und Grabsteinsetzung – auch für meinen Vater abgehalten wurden, hat man es vor mir geheim gehalten. Der Tod meines Vaters hätte mir vollständig entgehen können, wären nicht – ähnlich den Erzengeln Gabriel und Michael – zwei FBI-Agenten an unsere Tür gekommen, die uns über den Fenstersturz meines Vaters aufklärten. Dann wollten sie in unserem Haus herumschnüffeln und in seinen Sachen wühlen. Nur hatten wir keine Sachen von ihm. Meine Mutter hatte sie alle weggeworfen, als hätte es ihn nie gegeben.

Daß mein Vater am Leben war, hatte ich sowieso nur gewußt, weil er mir einmal im Jahr oder so aus dem Golden Nugget eine Postkarte mit dem Bild von Spielautomaten oder Roulettes schickte, als wäre er James Bond. 3 Ich stelle mir eine Grabsteinsetzung als ein pompöses

Ereignis mit Pauken und Trompeten vor, so, wie wenn ein Künstler ein Meisterwerk enthüllt – Trara! »Und, wie war's?« frage ich meine Mutter.

»Wie es war? Es war barbarisch.« Meine Mutter wünscht nicht an die Toten erinnert zu werden. Ihr Motto lautet: »Aus dem Leben, aus dem Sinn.«

»Bleibst du einen Moment dran?« bitte ich sie, lege den Hörer beiseite und suche Zigaretten, Streichhölzer und den Aschenbecher zusammen. »Bin wieder da«, sage ich, und meine Mutter sagt: »Ich wünschte, du würdest nicht rauchen. Es ist so unattraktiv.«

Meine erste Zigarette habe ich mit fünfzehn geraucht. Nach dem Abendessen – Schinkenrouladen, Mais aus der Dose und Kartoffelpüree aus Fertigpulver – zündete ich sie mir an. »Du machst einen schrecklichen Fehler«, warnte mich meine Mutter. Ich dachte, sie werde nun über das Gesundheitsrisiko sprechen, über Teer in der Lunge, ein krankes Herz und Durchblutungsstörungen. Statt dessen sagte sie: »Wenn dein Atem nach Rauch stinkt, werden dich die Jungs nicht küssen wollen.«

Da ich mehr über die Grabsteinsetzung für Großtante Lila erfahren möchte, frage ich nach Details. Was genau lief ab? Was wurde zu ihren Ehren gesagt? Hat jemand geweint? Was bleibt von einem Menschen, wenn er ein Jahr tot ist?

»Es war schaurig«, sagt meine Mutter. »Alle haben von ihr erzählt, als wäre sie noch am Leben, als hätten sie gestern mit ihr zu Mittag gegessen.«

Auch ich habe eine lebhafte Erinnerung an Großtante Lila. Zu meinem neunten Geburtstag schenkte sie mir ›Das Tagebuch der Anne Frank.‹

Als nach der Geburtstagsfeier alle Gäste gegangen waren, nahm meine Mutter das Buch von dem Tisch mit meiner Ausbeute, zeigte es ihrem Freund, dem Idioten, der später mein Stiefvater werden sollte, und sagte:

»Ist das zu glauben, diese Lila, dieser alte Jid? Ihr das zu schenken?«

Kein ganzes Jahr später ließ sich meine Mutter unter Berufung darauf, daß mein Vater sie verlassen hatte, von ihm scheiden. Danach lud sie Großtante Lila sowie den Rest seiner Verwandten nicht mehr zu meinen Geburtstagsfeiern ein.

Aus keinem anderen Grund, als weil etwas ungern Gesehenes unwiderstehlich verführerisch war, holte ich mir ›Das Tagebuch der Anne Frank‹ aus dem Wandschrank zurück, wo meine Mutter es versteckt hatte. Meine Mutter, die viel zu modern war, um ein Buch direkt zu verbieten, sagte: »Es wird dir nicht gefallen. Du wirst dich nicht mit der Heldin identifizieren können.« Es gab Helden, mit denen ich mich hätte identifizieren sollen, und so war ich mit ›Eloise‹, ›Nancy Drew‹ und ›The Five Little Peppers‹ groß geworden.

›Das Tagebuch der Anne Frank‹ las ich, ohne auch nur eine Toilettenpause einzulegen, in einem Zug durch. Als ich mit dem Buch fertig war, hatte ich mich in zweierlei Hinsicht verändert: 1) Da ich mich mit der Heldin identifiziert hatte, war mir bewußt geworden, was hätte geschehen können, was auch mir hätte geschehen können. 2) Ich entwickelte Geschmack an Greuelgeschichten aus der Nazizeit.

Nachts lehnte ich unter der Bettdecke ein Buch gegen meine angewinkelten Beine und las im Licht einer Taschenlampe ›Treblinka‹, ›Die Nürnberger Prozesse‹ oder ›Der Krieg gegen die Juden‹. Ich las die grotesken Passagen und las sie immer wieder, die entsetzlichen Beschreibungen, wie Babys beim Tontaubenschießen anstelle von Tontauben verwendet worden waren, von Experimenten an Zwillingen, von Frauen, die nach dem Herausreißen der Goldzähne mit kahlgeschorenem Kopf und nackt vor der euphemistisch »Duschraum« genannten Kammer anstanden. Ich verschlang die Erzählungen von Folter und Erniedrigung, von systematischer Entwürdigung, Entmenschung und Ermordung.

Jede Nacht stellte ich mir, wenn ich die Seite mit einem Eselsohr gekennzeichnet hatte, vor dem Einschlafen die gleiche Frage: Wie hätte ich überlebt?

Wenn Kinder die Theorie der natürlichen Auslese auch nicht formulieren können, so ist sie ihnen doch instinktiv bewußt. Die Starken kommen durch. Auf den Schwachen hackt man herum. Im verzweifelten Bemühen, in der Hierarchie der Nachbarskinder einen herausragenden Platz zu erringen, trampelt jedes Kind mit wildem Eifer auf kleineren, zarteren Köpfen herum und geht über sie hinweg. Das knirschende Zerbrechen von Geist unter meinen P.-F.-Flyers-Turnschuhen war mir durchaus vertraut. Aber das andere? Wie hätte ich das wohl überlebt?

Ich dachte mir ein Szenario aus: Ich hätte mich einer Widerstandsgruppe angeschlossen, in den Wäldern gehaust, mich von Nüssen und Beeren ernährt und mir den Kopf mit einem Barett bedeckt. Wir, meine Kampfgenossen und ich, wären nach der Planung und Durchführung von Überfällen wieder hinter den Bäumen verschwunden, wo ich bei Mondlicht mit dem Anführer, einem göttlichen Franzosen, geschlafen hätte.

Dieses Szenario gefiel mir. Es war allerdings nicht sehr wahrscheinlich. Eher schon würde ich versucht haben, mich aus einer solchen Notlage herauszubumsen, das Interesse des Kommandanten zu erwecken, seinen umherschweifenden Blick auf mich zu lenken. Ich wäre eine Nazihure geworden, hätte seinen Pimmel gelutscht und meinen Arsch auf diese Weise gerettet.

Die Frage bleibt unbestreitbar offen. Meine Mutter hatte mit ihrer Einschätzung recht. Ich habe dem Bösen nie ins Auge gesehen – und es wird wahrscheinlich auch nie dazu kommen –, dem Ereignis, das zu überleben große Kraft erfordern würde, dem Ereignis, das mein Leben definieren würde. Ohne ein solches Ereignis, das kann man zumindest sagen, vermindern sich die Aussichten, daß sich irgend jemand an einen erinnert.

Es sollte Grabsteinsetzungen für Lebende geben, denn Menschen kann man so leicht vergessen, wie man versehentlich Einkaufstüten am Tisch einer Imbißbar stehenläßt. Wir brauchen einen Tag, an dem wir uns an unsere Vergangenheit erinnern, einen Tag, an dem wir an all unsere Lover denken, an dem wir Zeugnis ablegen, wie es damals war, das Stoßen, Schwitzen, Reiben, bis – wie ein Stein in der Brandung – es schließlich zu einem Nichts zusammenschrumpft. Ich hätte gerne einen Tag, um ihrer aller zu gedenken, denn wenn ich sie vergesse, könnten auch sie mich vergessen.

Ich kann mich ohne nachzudenken an jedes Detail meines ersten Ficks erinnern, auch wenn ich aus heutiger Sicht und mit meiner jetzigen Erfahrung weiß, daß es fade war. Immerhin war es das erste Mal. Egal, wie viele Partner, Positionen und Orte ich seitdem passiert habe, meine Jungfräulichkeit habe ich nur einmal verloren.

Manche versuchen zu schwindeln und sich zweimal oder noch öfter als Jungfrau auszugeben. Ein Mädchen an meiner Highschool – sie war zweimal sitzengeblieben und trug Strümpfe mit Laufmaschen, als wären wir im Jahre 1959 und sie die Anführerin einer Mädchengang – rammelte mit der halben Abschlußklasse und mit dem Lehrer, der den Werkunterricht gab. Als ich sie dann eines Tages auf der Mädchentoilette um ein paar Tips, einen Informationsaustausch, einen Dialog bat, befingerte sie das goldene Kreuz um ihren Hals und sagte: »Ich bin noch Jungfrau.«

Man kann sagen, was man will, es bleibt doch dabei: Das Jungfernhäutchen ist eine Einwegverpackung.

Man kann aber, wenn man will, mehr als einmal jemanden im Bett haben, der noch unberührt ist. Ein unberührter Junge schießt los, sobald man ihn anfaßt. Ich weiß es, weil ich drei Jungs intakt bekam: 1) Einen Jungen vom Fußballteam des College, den Torwart. 2) Einen Sechzehnjährigen, der mit seinen Eltern in der Wohnung unter mir wohnte. Ich mußte einfach. Er war zu süß. 3) Einen *Bar-Mizwa*. Eine gute Tat, eine Gefälligkeit für ein einfältiges Computergenie in aussichtsloser Lage.

Aus meiner Sicht war deren erstes Mal nichts, worüber ich in meinem Tagebuch schreiben würde. Doch trotz des mäßigen Sex und des undisziplinierten Pimmels würde ich es mit einem unberührten Jungen jederzeit nochmals machen. Wenn einer unberührt war, erinnert er sich an mich. Vielleicht nicht so formell wie bei einer Grabsteinsetzung. Ein Denkmal bekomme ich deshalb nicht. Doch ich weiß, irgendwo gibt es drei Männer, die immer mal wieder bei dem, was sie gerade tun – Rasen mähen, ein Programm entwerfen oder mit der Frau des Professors bumsen – innehalten und an mich denken, sich an mich erinnern.

Mit den eifersüchtigen griechischen Göttinnen fängt es an

Der Multimediakünstler telefoniert lange und ausgiebig. Es ist bemerkenswert unhöflich von ihm, sich während meines Besuches so zu verquasseln, doch mir ist die Atempause recht, und ich nehme die Gelegenheit wahr, ein wenig herumzustöbern.

Auf seinem Toilettentisch liegt ein Paar Ohrringe. Kreisrunde gehämmerte Messingscheiben. Made in India. Zweifellos bei einem Straßenhändler gekauft. Für höchstens fünf Dollar. Meine Ohrringe sind das nicht.

Und es hat noch etwas anderes auf sich mit diesen Ohrringen: Er hat sie absichtlich dorthin gelegt. Er wollte, daß ich sie entdecke, denn in diesem riesigen Loft ist sonst nichts – nicht ein Papierchen, nicht ein Schnipsel – am falschen Ort. Seine unzähligen Bücher, Schallplatten und CDs sind nach Kategorie, Autor oder Musiker in den Regalen geordnet. Sie tragen Aufkleber mit ihrer Standnummer – wie in einer Bücherei. Doch anders als in einer Bücherei kleben an seinen Regalen Schilder mit der Aufschrift: *Nicht zu verleihen.*

Auch die Ohrringe auf dem Frisiertisch tragen eine Botschaft. Sie ist zwar nicht schwarz auf weiß draufgeklebt, aber dennoch deutlich vernehmbar. Sie lautet: Außer dir gibt es noch eine andere Frau.

Ich stelle mir diese Frau mit den Messingohrringen vor. Das ist mein Bild von ihr: Schlabberkleid, mausgraues Haar, das nach dem Friseur schreit, Birkenstocksandalen und ein Nylonrucksack an Stelle einer Handtasche.

Als nächstes kommt mir der Gedanke, daß diese Ohrringe vielleicht gar nicht von einer Frau stammen.

Vielleicht hat der Multimediakünstler die Ohrringe selbst gekauft und an eine Stelle gelegt, wo ich sie aller Voraussicht nach finden mußte. Ein kläglicher Versuch, mit mir gleichzuziehen, und ihm durchaus zuzutrauen, nur daß ich mir nicht vorstellen kann, daß er dafür fünf Dollar verplempert. Wäre das Ganze allein seine Erfindung, hätte ich nicht gerade Ohrringe entdeckt. Eher etwas mit einem 19-Cent-Preisschildchen. Ein Haarklämmerchen oder ein Tampon. Daher kehre ich zu meinem ursprünglichen Schluß zurück: Da gibt es noch eine, die mit ihm bumst.

Trotz meiner eigenen Verwicklungen habe ich die Unverschämtheit, Treue zu erwarten. Wie kann ich es wagen, eine solche Forderung zu stellen? Ich erkläre es mir so: Ich bin wie eine Löwin mit ihren Jungen. Mit mehr als einem Jungen. Drei Jungen. Vielleicht auch vier, doch für meine Jungen sorge nur ich. Ich lecke sie sauber. Ich beschütze sie vor Raubtieren, bewache sie, entblöße knurrend die Zähne und schnappe nach jedem, der sich ihnen nähert. Sie gehören mir. Nicht eines gebe ich auf.

Doch hier und jetzt versucht der Multimediakünstler, mich mit der Nase auf etwas zu stoßen, was in einer anderen Nacht vielleicht in diesem Raum stattgefunden hat. Ich erwarte, daß sich mir vor Wut über die Verletzung meines Territoriums die Haare sträuben. Aber sie sträuben sich nicht. Es scheint mir nichts auszumachen. Ich raste nicht aus. Ich habe weder den Wunsch noch das Bedürfnis, diese Ohrringe aufzuraffen, hinüberzustürzen und sie ihm ins Gesicht zu schleudern.

Mehrere Jahre lang hatte ich die Gewohnheit, dem Mann meines Lebens Briefe zu schreiben, in denen ich ihm meine Liebe und Verehrung beteuerte. Diese Briefe besprühte ich mit Parfüm, versiegelte sie mit Wachs und warf sie eigenhändig in seinen Briefkasten.

Als ich eines Nachmittags einen Brief einwarf, entdeckte ich ein in blaues Geschenkpapier eingebundenes Päckchen, an das ein säuberlich mit seinem Namen beschrifteter Umschlag geheftet war. So ordentlich würde ich mit links niemals schreiben können. Mit offenem Mund starrte ich das Päckchen an, und rasende Wut überrollte mich wie ein Feuerball. Ein Zorn, der Medeas würdig gewesen wäre. Wer war diese Hündin, die es wagte, meinem Angebeteten Geschenke zu machen?

Ich nahm es. Ich holte das Päckchen heraus, steckte es unter die Jacke und hielt es unter meinem wie gegen die Kälte hochgeschlagenen Revers fest.

Wie der Dieb, der ich war, eilte ich nach Hause und schloß mich ein. Mit zitternden Fingern riß ich das Papier herunter, und heraus kam eine Schachtel mit Pekannuß-Stangen. Süßkram aus Nußkaramel, der im ganzen Süden der Vereinigten Staaten an den Tankstellen verkauft wird. Selbstgefällig schaute ich darauf herunter. Eine so wenig appetitliche Süßigkeit würde ich ihm nie schenken, eine an einer Esso-Tankstelle gekaufte Süßigkeit, die an fette, verschmierte Finger erinnerte.

Ich setzte Wasser auf. Ich wollte den Umschlag mit Dampf öffnen, aber unglücklicherweise versengte ich ihn an der Flamme. Was geschehen war, war geschehen, und so riß ich ihn auf. In derselben schulmädchenhaften Schrift stand dort: »Von unserer Fahrt nach Charleston schicken wir Dir diese Kleinigkeit. Guten Appetit. Herzliche Grüße: Marjorie und Steve.«

Ich versuchte, das blaue Geschenkpapier zu glätten – was ebenso wirkungsvoll war, als hätte man Humpty-Dumpty wieder zusammensetzen wollen. Ich hätte die ganzen belastenden Zeugnisse – Karte, Geschenkpapier und Karamel – einfach wegwerfen können, doch wurde ich die Vorstellung nicht los, wie Marjorie und Steve auf ein Wort des Dankes warteten, ein simples Dankeschön, das ausbleiben würde, wenn ich ihr Geschenk in den Müll warf.

Ich steckte die Karte wieder in den angesengten Umschlag, nahm das zusammengeknüllte Geschenkpapier und die Schachtel mit den Karamelstangen, ging zu seiner Wohnung und klopfte an die Tür. »Pekannuß-Stangen«, damit reichte ich ihm den ganzen Mist. »Von Marjorie und Steve.«

Irrationalität und Eifersucht sind von Leidenschaft, Sex und Liebe nicht wegzudenken. Bezeugt wird dies durch eine lange literarische Tradition, die bei den eifersüchtigen griechischen Göttinnen beginnt. Bei meiner Konfrontation mit den Messingohrringen, konkreten Zeugnissen eines Betrugs, steigt dagegen keine Eifersucht in mir auf. Mehr als ein Schmunzeln bringe ich nicht zustande.

Ich spiele mit dem Plan, die Ohrringe zu vertauschen. Meine Perlen-Ohrhänger auf den Toilettentisch zu legen und die gehämmerten Messingscheiben am Ohr nach Hause zu tragen. Sie, die andere Frau, würde bei diesem Handel besser wegkommen. Wie bei einem Wunder wäre sie ihre schäbigen Messingohrringe los und sähe sie in Perlen verwandelt.

So großzügig bin ich aber nicht. Meine Ohrringe hätte ich ihr ohne weiteres gegeben, aber das andere nicht, das Wunderbare.

Ich stürze zurück ins Bett, als der Multimediakünstler von seinem Telefonat zurückkommt. »Tut mir leid, daß es so lange gedauert hat«, sagt er: »Das war eine *Freundin*, und bei *ihr* konnte ich schlecht auflegen. *Sie* mußte da *etwas* mit mir besprechen.« Es ist eine unsinnige, offensichtliche Ausrede, und ich gebe ihm, was er will, denn was kann es schon schaden, ein wenig Entrüstung vorzutäuschen. »Ach, wirklich?« schnaube ich.

»Und sind das auf deinem Toilettentisch *ihre* Ohrringe?«

Seine Miene erhellt sich. Funken der von mir erzeugten Elektrizität. Oh, wie sein Gesicht aufleuchtet, weil mir genug an ihm liegt, um eifersüchtig zu sein.

Noch ein Verbrechen aus Leidenschaft

Es ist ein milder Abend. Unangemessen warm für diese Jahreszeit. Sanft wiegen sich Baumwipfel im Wind. Wie der Hintergrund eines Traumes treiben purpurrote Wolkentürme über den Himmel.

»Altweibersommer«, bemerkt der Killer.

»Aufwärmung der Erdatmosphäre«, schätze ich. Ich möchte nicht hier sein, nicht hier auf der Straße spazierengehen. Drinnen, in der Wohnung des Killers, wollte ich bleiben, wie auf einer Insel.

Viele Paare sind unterwegs, bummeln Hand in Hand herum und knutschen sich ab, als hätten wir wirklich Frühling und nicht nur eine launische Warmfront. In dunklen Ecken und Hauseingängen stehen sie und küssen sich. Wir kommen an einem Pärchen vorbei, das sich, gegen eine Motorhaube gelehnt, an die Wäsche geht. »Ist das nicht schön?« fragt der Killer. »Liebe. Der Ausdruck der Liebe.« Das ist auf mich gemünzt. Beim Gehen halte ich nicht seine Hand und erlaube ihm nicht, seinen Arm um meine Hüfte zu legen.

Er gibt vor, mich zu verstehen, der Logik zu folgen, nach der verheiratete Frauen sich nicht auf eine öffentliche Zurschaustellung ihrer Zuneigung zu anderen Männern als dem Ehemann einlassen können. Da er aber niemand ist, der leicht aufgibt, versucht er, mich reinzulegen. Unter dem Vorwand, mich zu lenken, mich über die Straße zu geleiten, faßt er mich am Ellbogen. Ich entziehe mich, befreie mich von seinem Griff, doch als er die Hand zurücknimmt, streift sie an meinem Hintern vorbei und verweilt dort.

»Laß das«, sage ich.

»Entschuldigung. Ich kann einfach nicht anders. Ich

kann nicht von dieser Vorstellung ablassen«, erklärt er mir. »Weißt du, die Vorstellung, daß du und ich einfach Mr. und Mrs. Smith sind, die einen Spaziergang machen. Was ist falsch daran?«

»Daran ist alles falsch. Es ist unmöglich.«

Als wir in die 12th Street einbiegen, kommen wir an irgend so einer Puppe mit einer sehr, sehr tief ausgeschnittenen Bluse vorbei. Die Jacke ist offen. Große Brüste quellen über dem Ausschnitt hervor. Tatsache ist jedoch, rausquellende Titten hin oder her, die Frau ist häßlich. Sie hat ein grobes Gesicht, das Haar ist dünn, die Oberschenkel reiben gegeneinander, scheuern aneinander, und ihren Augen sieht man an, daß sie am Ende ist.

Trotzdem dreht der Killer sich nach ihr um.

Bei dieser Gelegenheit ist mein Zorn ungeheuchelt. Ich bin eifersüchtig, nicht auf sie, diese häßliche Frau, sondern auf die Aufmerksamkeit, die der Killer ihr schenkt. Damit er meinen Ärger merkt, gebe ich ihm einen Knuff in den Magen. Nicht heftig, aber doch kräftig genug, ihm meine Anwesenheit in Erinnerung zu rufen.

Er bleibt abrupt stehen und lacht. Ein Lachen aus dem Bauch heraus, tief und echt, eine Explosion der Freude. Was ist mit diesen Männern, meinen Männern, los, daß meine Eifersuchtsbezeugungen ihnen so schmeicheln? Vielleicht verwechseln sie sie mit Liebesbezeugungen.

Seit ich mit dem Killer angefangen habe, versucht er, mich dazu zu bringen, *Ich liebe dich* zu sagen. In einem schmeichelnden Singsang hat er mir zugeraunt: »Ich weiß, du liebst mich, du kannst es genausogut zugeben.« Oder mich herausgefordert: »Wovor hast du Angst?« Und mitten beim Sex hat er meine Arme gepackt und verlangt: »Sag es. Sag mir, du liebst mich.«

Aber ich bin auf der Hut. Solche Fallen umgehe ich.

Eines Abends lag er im Bett, mit mir an seiner Seite,

starrte zur Decke empor und mußte es loswerden: »Ich stelle mir vor, ich läge auf meinem Sterbebett. Lange mache ich es nicht mehr. Du bist hier bei mir, und der Priester ist gekommen, um mir die letzte Ölung zu geben. Aber ich will keine letzte Ölung. Ich sage dem Priester, er soll sich verpissen. Nur eines will ich: Daß du mir sagst, du liebst mich. Bevor ich gehe, möchte ich es von deinen Lippen hören. Aber du stehst nur da und schaust auf mich herunter. Mein Mund ist wie ausgedörrt. Dennoch gelingt es mir, mit meinem letzten Atem ›Bitte sag es‹ hervorzukrächzen. Und dann ist es vorbei. Ich bin tot, und du beugst dich über meine Leiche und flüsterst: ›Ich liebe dich.‹«

»Das würde ich niemals tun«, erklärte ich ihm. »Ich würde niemals *Ich liebe dich* zu einem Toten sagen.«

»Dann sagst du es mir also, bevor ich tot bin?« Er klammerte sich an seine Hoffnung.

Ich legte ihm die Hand sanft auf die Wange, ließ sie dort ruhen und sagte: »Nein. Das bedeutet es nicht.«

Daß ich reagiert habe, mein Mißfallen zum Ausdruck gebracht habe, als er den Busen dieser traurigen Frau beäugte, erleichtert ihm das Herz, erhellt seine Welt, und er hat genug Vertrauen, mir zu gestehen: »Weißt du, ich habe nur geschaut, um zu sehen, was du tust.«

Eines anderen Mannes Wort könnte ich in dieser Angelegenheit vielleicht bezweifeln, das seine jedoch nicht. Ich nicke und sage: »Ich weiß.«

Wir gehen einen Block weiter, und wieder bleibt er stehen. Er packt mich bei der Schulter und wirbelt mich heftig herum, so daß ich ihm ins Gesicht sehe und er mir direkt in die Augen blicken kann. Er steht auf Augenkontakt, was mich aus der Fassung bringt. »Hör zu«, sagt er, »hör mir zu. Üb keine Vergeltung, okay?«

»Vergeltung?«

»Ja, Vergeltung. Es mir heimzahlen«, sagt er, als

würde er übersetzen, als käme *Vergeltung* aus einer anderen Sprache, oder als handele es sich um Gebräuche eines fremden Volkes. »Bitte, versprich es mir. Versprich mir, daß du nicht einen anderen Mann anschaust, nur um mit mir gleichzuziehen.«

Vielleicht gehört *Vergeltung* wirklich zu einer anderen Sprache, zu fremden Gebräuchen. Zu denen seines und nicht meines Volkes. Doch statt zuzugeben, daß der Gedanke mir gar nicht gekommen war, daß ich nicht die Absicht hatte, Vergeltung zu üben, lasse ich ihn weiterreden, noch mehr sagen. Ich möchte sehen, worauf er hinaus will.

»Ich könnte es nicht hinnehmen«, sagt er. »Bitte. Ich flehe dich an. Tu es nicht. Es ist mir ernst. Der Gedanke, du könntest einen anderen Mann anschauen, macht mich verrückt. Ich würde das Gleichgewicht verlieren. Wenn du auch nur einen einzigen Blick auf einen anderen Mann wirfst, und ich dich sehe, weiß ich nicht, was ich tue. Ich wäre nicht mehr zurechnungsfähig.«

Wieder glaube ich ihm aufs Wort.

»Menschen wie uns«, sagt er, »kann man zu Verbrechen aus Leidenschaft treiben.«

Ein Blick für das, was gut aussieht

Es ist eine unangenehme Entdeckung. Der Multimediakünstler besitzt mehr als ein Paar Clogs. Zusätzlich zu dem Paar an seinen Füßen steht ein weiteres Paar vor dem Bett wie die Pantoffeln eines alten Mannes. Ich versuche, sie zu übersehen, woanders hinzuschauen, Bücherregale zu mustern oder einen Blick auf die neuen Kunstwerke zu werfen, doch da lenkt er meine Aufmerksamkeit auf sich. »Na?« fragt er, die Arme in die Seite gestemmt, »was hältst du davon?«

»Wovon?«

»Von meinem neuen Shirt«, sagt er.

Es stimmt. Er hat ein neues Shirt an. Ein brandneues T-Shirt. Gelb, und in purpurroten Lettern steht NYU darauf. Über dem T-Shirt trägt er schwarze Hosenträger mit einem gelben Diamantenmuster. An den Falten erkenne ich, daß auch die neu sind, frisch aus der Schachtel kommen. »Und meine Hosenträger«, fügt er hinzu.

»Hosenträger?«

»Ja.« Wie ein Hinterwäldler steckt er die Daumen unter die Hosenträger. »Gestern war ich einkaufen. Ich habe viele neue Sachen.«

Irgendwas ist los. Er ist kein Mann, der viel Wert auf seine Kleidung legt. Normalerweise trägt er fast ausschließlich Jeans mit Farbflecken, schäbige Sweatshirts und diese Clogs. Oft hat er zerlöcherte Unterwäsche an.

Früher habe ich mir Gedanken darüber gemacht, wie Männer sich anziehen. Ich habe sie auf Einkaufstouren mitgenommen, ihre Garderobe umgestellt, ihnen Stil gegeben. Ich habe einen Blick für das, was gut aussieht, einen Instinkt dafür, welche Männer Tweedanzüge tragen müssen, welche Männer klassisch in Levi's gehören, und welche sich in einem Anzug von Armani sehen lassen können. Aber inzwischen habe ich auch das letzte bißchen Interesse daran verloren, meine Dienste anzubieten. Sollen sie tragen, was sie wollen.

Der Multimediakünstler ist erpicht darauf, mir seine Erwerbungen zu zeigen, die neuen Kleider, die er sich gekauft hat. Er geht zu seinem Kleiderschrank, und ich verrenke mir den Hals nach einem Schuhregal. Auf dem Boden des Kleiderschrankes steht ein drittes Paar Clogs, und ich frage mich, ob er die Clogs en gros gekauft hat, ob er nach dem Vorbild von Imelda Marcos gleich alle Clogs im Schuhgeschäft, in der Stadt oder in der Welt aufgekauft hat.

Mit rosa angelaufenem Gesicht, süß wie Zuckerwatte, kommt er aus dem Kleiderschrank heraus und hält drei Hemden auf Drahtbügeln in der Hand. Ich denke daran, wie Gatsby Stapel von Seidenhemden hervorholte und sie vorzeigte, als wären sie Kunstwerke. Gatsbys Hemden waren schön, und dennoch war die Episode peinlich. Die Hemden des Multimediakünstlers sind scheußlich. Er hält sie hoch und breitet sie vor mir aus wie ein Verkäufer, der mein Interesse für etwas erwecken will, das ich niemals kaufen würde. Die Hemden sehen aus wie Frauenblusen, wenn es auch keine Blusen sind, die ich tragen würde. Zwei Hemden sind marineblau, eines der beiden hat eine kastanienbraune Borte. Das dritte Hemd ist weiß und hat am Kragen kleine Dinge aufgestickt, vielleicht längliche schwarze Perlen. »Und?« fragt er.

»Was, und?« Meine Ausflüchte sind lächerlich.

»Komm schon.« Er besteht darauf, meine Meinung zu hören. Er erwartet eine Bemerkung, die Hemden seien schön. Mehr will er gar nicht, nur daß ich etwas Einfaches sage, etwas Nettes, nämlich daß mir die

Hemden gefallen. Mit jeder langen Sekunde werden die Hemden armseliger, erlangen eine traurige Bedeutung durch meine Unfähigkeit, einfach »Schön, sehr schön«, zu sagen.

Ich kann nicht erklären, warum diese Worte unterbleiben. Es ist nicht so, daß eine Lüge unter meiner Würde wäre. In diesem Moment könnte ich leicht eine andere Lüge von mir geben. Ohne jedes Problem könnte ich zu ihm sagen: »Ich bin dabei, mich in dich zu verlieben.« Eine so enorme Lüge würde mir leicht von der Zunge gehen. Aber diese kleine Lüge, die unschuldige Lüge, seine Hemden seien in Ordnung, bringe ich nicht über die Lippen.

Maria Magdalena & Co

Es ist eine List, ein weiterer hinterlistiger Versuch, sich mit mir in die Öffentlichkeit zu begeben, wo wir gesehen und beobachtet werden können, als wären Ausflüge nach draußen das gleiche wie das Aushängen des Aufgebots. Und das eine muß ich ihm zugute halten: Es ist schlau von ihm, einen Tagesausflug vorzuschlagen, einen ganzen Tag, um zum Pferderennen zu gehen. Nach Belmont, zu den Meadowlands, nach Yonkers, wohin auch immer, zum Wetten – Siegwetten, Stallwetten, Einlaufwetten, Platzwetten –, zwischen all den anderen Menschen auf der Zuschauertribüne sitzen und Pferden zujubeln, die Shiloh Storm, Arabella oder Homer's Odyssee heißen. Der Killer setzt auf den genetischen Faktor, darauf, daß das Wetten auf Rennpferde mir im Blut liegt und eine unwiderstehliche Verlockung darstellt. »Schau«, versuche ich ihm zu erklären – und keineswegs zum ersten Mal –, »zum Pferderennen gehen klingt nach einem idealen, wunderschönen Tag, aber nichts geht darüber, hierzubleiben und für uns zu sein.«

»Du willst überhaupt nicht mehr mit mir ausgehen«, sagt er, und er hat recht.

»Es ist eine Frage der Prioritäten«, erkläre ich ihm. »Wir können nicht alles haben, also tue ich das, was mir am besten gefällt.«

»Warum können wir nicht alles haben? Warum nicht? Deine Ehe bedeutet dir nichts. Das heißt«, seine Stimme überzieht sich mit eisigem Mißtrauen, »falls es stimmt, was du sagst.«

»Sprich nicht so mit mir«, warne ich ihn. »Wenn du denkst, ich lüge, gehe ich auf der Stelle.«

»Okay, okay«, gibt er sich mit einer hilflosen Geste geschlagen. »Ich glaube dir. Aber es ist einfach so frustrierend. Weißt du, wir passen so gut zusammen.« Er wartet auf meine Zustimmung, als wären wir von Natur aus dafür geschaffen, das Überleben des anderen zu sichern, wie Hummeln und Klee. Da ich jedoch nicht zustimme, fängt er von einer anderen Seite an. »Ich weiß, daß diese Wohnung für uns beide zu klein ist, aber ich kann eine größere bekommen. Ich werde überall erzählen, daß wir – was – suchen? Ein Loft? Eine große Ein-Zimmer-Wohnung in Chelsea? Oder möchtest du lieber mehr im Zentrum wohnen? Ich kenne Leute, die uns helfen können.«

Er erwartet, daß ich von seinen Kontakten beeindruckt bin, von diesem anonymen Netzwerk von Sizilianern, die anderen Sizilianern einen Gefallen tun. Vielleicht bin ich ein bißchen beeindruckt, aber es haut mich nicht um. »Die Größe deiner Wohnung ist ohne Bedeutung«, sage ich, aber bevor er daraus schließen kann, daß ich überall mit ihm leben würde, füge ich hinzu: »Selbst wenn du den ganzen verdammten Taj Mahal hättest, würde ich nicht mit dir zusammenziehen.«

»Du hast schon einmal anders geredet.«

»Wie? Was soll ich gesagt haben?«

»Oft genug«, sagt er, »gibst du zu verstehen, daß du mit mir glücklich bist.« Er hat Daten und genaue Zitate parat. All meine Worte hat er durchsiebt und das Gold herausgewaschen, Goldnuggets, Goldplättchen, Goldstaub, hat es angesammelt und als Schatz gehortet. »Wie beim Sex. Letzten Samstag hast du gesagt, das war der beste Sex, den du in deinem Leben gehabt hast. Genau hier. Mit mir.« So was bewahrt er auf: im Bett dahingesagte Worte, Augenblicksäußerungen, die etwa so wertvoll sind wie Monopolygeld und nicht länger Gültigkeit haben als der Orgasmus dauert, dem sie zu verdanken sind.

»Bettgeflüster«, sage ich.

»Das ist also alles nur hohler Scheiß? Lügen? Das sagst du doch, oder?« Er wirft sich in die Pose eines Klassentyrannen und stößt Drohungen aus: »Du mußt dich entscheiden. Hier und jetzt. Als deine Geliebte spiele ich nicht mehr mit.«

»Geliebte!« lache ich. »Du? Eine Geliebte trägt hauchdünne Negligés, Federboas und hat Zsa-Zsa-Gabor-Haar.«

»Okay, okay«, immerhin läßt er sich auf die Komik ein. »Nenn es, wie du willst. Auf jeden Fall will ich es nicht mehr. Ich will dich. Bei mir. Am Ende des Tages will ich heimkommen, und du bist hier. Morgens möchte ich dir beim Schlafen zusehen. Also, was wird daraus?«

»Nein.«

»Nein. Was nein? Was meinst du mit nein?«

»Nein«, sage ich, »ich werde nicht mit dir zusammenleben.«

»Dann ist es aus zwischen uns.«

»Wenn du es so willst.« Ich nehme ihn beim Wort und gehe zur Tür. Sein Gesicht verzerrt sich vor Angst, und er hält mich zurück. »So wollte ich es nicht. Das ist uns aus der Hand geraten. Wirklich, wie hat das überhaupt angefangen? Ich wollte, daß wir einen Ausflug machen, zum Pferderennen gehen, Spaß haben. Es liegt an diesem Ort, Baby.« Er dreht langsam den Kopf und schaut sich in seiner Wohnung um. »Ich muß hier öfter raus.«

»Geh in deiner Zeit raus«, sage ich. »Nicht in meiner Zeit. Unserer Zeit«, schiebe ich schönfärberisch nach. »Unsere Zeit ist hier am schönsten.« Ich rücke näher an ihn heran und sage: »Genau in diesem Moment hast du die Wahl. Wir können ausgehen, etwas trinken, ein wenig Musik hören, sogar Jazz. Oder wir können hier bleiben, und ich lasse meine Zunge über dich wandern, von den Augen bis zu den Fußknöcheln und wieder zurück. Also, entscheide dich.« Ich lasse die Hand über seine Oberschenkel gleiten, und meine Fingernägel schaben leicht über seine Haut, damit er weiß: Es gibt keine Wahl.

»Ich hab's kapiert«, sagt er. »Jetzt ist mir alles klar. Alles macht Sinn. Du bist eine Hure. *Puttana.*« Er nennt mich genau so, wie seine Mutter mich genannt hat. Der Familienfluch.

Ich zucke die Schultern. Es macht mir nichts aus, Hure genannt zu werden. Zum einen ist etwas Wahres daran. Und außerdem gibt es Schlimmeres.

In einer kurzen Anwandlung von Grausamkeit sagte der Mann meines Lebens einmal zu mir: »Manchmal denke ich, du bist eine Schlange. Nicht eine exotische Schlange. Keine Kobra oder Python. Nur eine der üblichen Sorten, die man im Garten findet. Eine kurze Jagd, und schon hat man dich. Aber wärmer als Zimmertemperatur wirst du nie.«

Anders als diese Bemerkung, die mich verletzte, hat der Pfeil des Killers sein Ziel verfehlt. Er merkt es und sagt, als wäre es etwas völlig Neues für ihn: »Ich liebe eine Hure.« Er schüttelt den Kopf. »Und trotzdem liebe ich dich«, sagt er. »Trotz allem.«

»O nein, mein Schatz«, kläre ich ihn auf, »du liebst mich nicht trotzdem, sondern *gerade deswegen*. Du liebst mich, *weil* ich eine Hure bin.«

Es ist eine uralte, immer wieder erzählte Geschichte: Die Liebe des Märtyrers für das Flittchen. Der Killer kennt sie gut und glaubt daran, glaubt an die Liebe als Sühne und Erlösung. Er wendet sich zum Kruzifix an der Wand, schaut in die Augen des Christus und fragt: »Fällt dir sonst noch was ein?«

Nachmittagsvorstellung

Ich sollte überglücklich sein. Der Mann meines Lebens hat angerufen und mich ins Kino eingeladen. Es ist Ewigkeiten her, daß er mich in einen Film mitgenommen hat, wahrscheinlich, weil ich Popcorn mampfte, was ihm auf die Nerven ging. Und weil ich ihm keine Ruhe ließ, an seiner Leistengegend herumfingerte und ihn am Oberschenkel kitzelte, um ihn dazu zu bringen, die Gelegenheit im Dunkeln nicht ungenutzt verstreichen zu lassen. Anscheinend möchte er mir noch eine Chance geben. »Was wollen wir sehen?« frage ich.

»Zwei norwegische Filme«, antwortet er, ›Hunger‹ und ›Die Augen des Wolfes.‹ Er hat einen Hang zu deprimierenden Filmen, wie sie in Amerika fast nie produziert werden, oft dagegen in Ländern, wo den größten Teil des Jahres Winter herrscht. Hin und wieder jedoch wird er übermütig und geht in ein Musical. Sein Lieblingsmusical ist ›Bye Bye Birdie‹, das er für eine Perle hält, deren wahrer Wert unterschätzt wird.

Filme sind sein Leben und auch sein Lebensunterhalt. Um Brot auf dem Tisch zu haben und ein Dach über dem Kopf, verbringt er den größten Teil seiner Tage mit dem Betrachten von Filmen in dunklen Räumen. Er ist ein Voyeur. Lieber beobachtet er andere Menschen beim Leben, beim Sterben und beim Sex, als all das selbst zu tun. In der Nacht schreibt er dann bei Lampenlicht Rezensionen, Kommentare und Kritiken. Manchmal hält er Gastvorlesungen an Filmschulen. Er hat mir einmal erzählt, er habe, als er jünger, wesentlich jünger war, mit der Idee gespielt, nach Hollywood zu gehen, es dann aber gelassen, weil er wußte, daß er die Atmosphäre dort gräßlich finden würde. Außerdem hielt er sich nicht gerade für den Typ eines Filmstars.

In diesem Punkt widersprach ich ihm. Zugegeben, er sieht weder besonders gut noch besonders interessant aus, »aber«, sagte ich, »in ›Die Erniedrigten und die Beleidigten‹ wärst du großartig gewesen.«

Ich frage ihn, ob man diese norwegischen Filme nicht auf Video bekommen kann. Es geht, aber wie ich schon im voraus wußte, lehnte er meinen Vorschlag ab, sie auszuleihen und sie nicht von harten Kinositzen, sondern aus seinem bequemen Bett heraus anzuschauen. »Du weißt, was ich von dem kleinen Bildschirm halte«, sagt er. Was er nicht sagt, was ich aber weiß, ist, daß er mich unter gar keinen Umständen in sein Bett lassen wird.

Erst relativ spät im Leben kam er dazu, Filme anzuschauen. Am Tag seiner Ankunft in Amerika sah er den ersten – einen Western, einen Cowboyfilm. Er war damals schon ein Jugendlicher, sprach aber noch kein Englisch. Ich, die ich mit Drive-ins und Fernsehen groß geworden bin, habe versucht, mir vorzustellen, wie es für ihn gewesen sein muß, aber es ist wie mit so vielen seiner Erfahrungen: Man muß es selbst erlebt haben.

»Es war ziemlich furchterregend«, erzählte er. »Ich wurde in einen verdunkelten Lichtspielsaal geleitet, und direkt vor meinen Augen, die mit dem Medium völlig unvertraut waren, gingen Pferde durch, knallten Gewehre, und Männer in schwarzen Hüten kamen auf mich zu und schrien Dinge, die ich nicht verstand.« Man sollte meinen, nach einer solchen Erfahrung hätte er das Kino gemieden, aber offensichtlich durchlebt er das Grauen gerne von neuem.

Der Mann meines Lebens erwartet eine Antwort auf seine Frage, ob ich nun mit ihm ins Kino gehe oder nicht. »Soll ich auf dich warten?« fragt er.

»Nein«, antworte ich. Ich muß nein sagen, weil ich

eine Verabredung mit dem Killer habe, und da komme ich nicht drumrum. Als ich dem Mann meines Lebens sage: »Es tut mir leid, ich würde wirklich gerne mitkommen, aber ich kann nicht«, fragt er nicht nach dem Grund. Er beschuldigt mich nicht, hinter seinem Rücken einen anderen zu sehen. Er bekommt keinen Anfall und äußert keine Drohungen. »Okay«, sagt er einfach. »Ich rufe dich ein andermal an.«

Ich halte den Hörer in der Hand, als wäre er noch immer da, noch immer mit mir in Verbindung, und ich schließe die Augen, als könnte auch ich meine Welt im Dunkel verschwinden lassen.

Die Extreme kennen

Kaum habe ich Mantel und Kleid abgelegt, sagt der Killer schon: »Ich habe dich vorhin angerufen, und es war besetzt. Mit wem hast du gesprochen?«

»Mit niemandem, den du kennst«, antworte ich. »Mit einem alten Freund.« Der Killer spürt, daß ich zwar in seinem Bett bin, aber doch nicht bei ihm. Mit den Gedanken bin ich woanders, und so kommt er und setzt sich sehr eng an mich heran. Er legt die Hand auf mein Knie und sagt: »Ich habe eine Idee. Wir, du und ich, sollten uns Walkie-talkies zulegen, so daß wir ständig in Kontakt sind. Wir könnten immer in Berührung sein«, sagt er. »Berührung«, wiederholt er und packt mein Knie fester. Er will unbedingt meine Stimme hören, wenn ich eigentlich für ihn unerreichbar sein sollte, in der Badewanne, in einem abgelegenen Teil des Parks, oder wenn ich schlafe. Er möchte hören, wie ich schlafe, meine Träume belauschen. Mit romantischen Worten verbrämt er, daß es darauf hinausläuft, mir nachzuspionieren.

Wenn wir über Walkie-talkie ständig miteinander in Kontakt stünden, wären manche Situationen vorprogrammiert: Ich wäre gerade im Bett eines anderen, da ertönte das elektrostatische Knistern. Zwar ignorierte ich es, doch es hörte nicht auf. Also stopfte ich es unters Kissen, dämpfte das Geräusch, die Bitte um Antwort. Später dann würde der Killer mir auf den Pelz rücken. »Warum hast du nicht geantwortet, als ich angerufen habe? Wo warst du? Sag schon!«

Walkie-talkies kommen nicht in Frage. Mein Gesicht wird steinern, und ich sage: »Du vertraust mir noch immer nicht.«

»Wir müssen die Extreme kennen«, erklärt mir der Killer. »Die Idee des Vertrauens kann ohne das Fehlen von Vertrauen nicht existieren.« Das ist seine Philosophie, eine grundlegende Überzeugung seiner Leute, ihre Art, Geschäfte und Liebesgeschichten zu betreiben. »Aber ich vertraue dir.« Er läßt mein Knie los und streichelt mir Wange und Hals. »Du sagst, ich soll dir vertrauen, und das tue ich.«

Mein Herz klopft heftig. Was auch immer er sagt, Tatsache ist, daß ich seinetwegen so nervös bin, als würde ich beschattet.

Manchmal ruft er mich abends an, nur um zu fragen, was ich zum Abendessen hatte. Weil ich keine Lust habe, näher darauf einzugehen, ihm verständlich zu machen, daß ich nicht immer hungrig bin, habe ich ihn schon angelogen: »Ein Käsebrot, Salat und eine Orange.«

In den Sekunden danach, wenn er wiederholt: »Ein Käsebrot, Salat und eine Orange«, habe ich das Gefühl der Angst kennengelernt.

Weil er noch nicht von sich aus nachvollziehen kann, was mich beschäftigt, haßt er die Stille. Daß ich bei ihm bin, aber Dinge für mich behalte, macht ihn unruhig. Er möchte wissen, worüber ich nachdenke.

Ich könnte sagen: »Nichts. Ich lasse mich einfach treiben«, aber dabei würde er es niemals belassen. Daher antworte ich: »Ich habe darüber nachgedacht, wie du in gewisser Weise einem Lehrer ähnelst, mit dem ich eine Zeitlang befreundet war.«

Eigentlich gibt es nicht die geringste Ähnlichkeit. Der Lehrer war schlaksig, hatte rötlichblondes Haar, trug Rundhalspullover, fuhr einen zerbeulten, gelben Volkswagen und betrachtete sich als meinen festen Freund.

Als was ich ihn betrachtete, kann ich nicht sagen. Oft kam er mir lästig und aufdringlich vor. Einmal klingelte es am späten Nachmittag an meiner Tür, als ich gerade unter die Dusche gehen wollte. Ich erwartete keinen Besuch. »Wer ist da?« rief ich in die Gegensprechanlage.

Es war der Lehrer, der uneingeladen vorbeikam. Das war nicht die Art von Überraschung, die ich besonders schätzte, trotzdem nahm ich ein Handtuch, schlang es mir wie einen Sarong um die Hüften und öffnete die Tür. »Ich wollte gerade duschen«, sagte ich.

Er setzte sich, und ich ging ins Badezimmer. Als ich das Handtuch hatte fallen lassen, der Hahn schon aufgedreht war, und ich mich gerade unter den Duschstrahl stellen wollte, fiel mir mein Bademantel ein, der über der Couch lag.

Also schlang ich das Handtuch wieder um mich, trat aus dem Badezimmer und sah, daß der Lehrer über meinem Kleiderhaufen hockte. Mit nach außen gekehrtem Schritt hielt er meinen Slip in der Hand und rieb mit dem Daumen daran herum. So intensiv war er damit beschäftigt, daß er mich nicht kommen hörte und meine Gegenwart nicht spürte. Da ich so etwas noch nie gesehen hatte, sah ich ihm eine Weile zu, bevor ich fragte: »Was tust du da?«

Er stieß einen kläglichen Kläfflaut aus, der dem Laut, der sonst seinen Orgasmus verkündete, gar nicht so unähnlich war. Außerdem gab er ein wenig Urin von sich. Auf seiner Khakihose erschien ein feuchter Fleck von der Größe eines Silberdollars. Mein Slip glitt ihm aus der Hand.

Nun stand eine Erklärung an. Und er gab sie mir: Wenn wir nicht zusammen sind, fehlst du mir schrecklich. Ich bekomme Angst, daß du vielleicht bei einem anderen bist. Bei einem anderen Mann.

»Das hast du also getan? Du hast meinen Slip nach Samenspuren untersucht?«

Er nickte, wirkte fröhlicher, glücklich, als hätte ich

ihn verstanden, als wäre jetzt alles in bester Ordnung. »Ich kann den Gedanken nicht ertragen, daß du mit einem anderen schläfst«, sagte er. »Ich mußte einfach nachsehen, um mir sicher zu sein. Ich liebe dich«, fügte er hinzu, als würde das irgend etwas bedeuten.

Ich bekam eine Gänsehaut, fühlte, daß mir auf eine äußerst widerliche Art Gewalt angetan worden war. »Raus hier«, sagte ich, »raus hier, und komm niemals wieder.«

»Es tut mir leid«, flehte er. »Ich habe es nur aus Liebe getan. Ich vertraue dir. Ich schwöre es. Ich vertraue dir.«

Ich hielt ihm die Tür auf.

Dann ging ich unter die Dusche, und mit dem Waschlappen säuberte ich mich zwischen den Beinen vom Samen eines anderen Mannes.

Dieses kleine Dialogstück

Weil er nicht auf Schwanzlutschen steht, lutsche ich an seinem Daumen, umhülle ihn mit der Zunge wie ein winziges Frankfurter Würstchen in einer Teigrolle. Ich beiße hinein, nicht fest, nur ein Zwicken, doch der Multimediakünstler schreit auf: »Au«, und entzieht mir den Daumen. »Das hat weh getan. Ich bin nicht pervers, weißt du.«

»Echt, Alter?« sage ich. »Wie schade.«

Wieder reagiert er übertrieben. Er lacht und lacht und lacht. Schließlich sagt er: »Das muß ich aufschreiben.« Er steigt aus dem Bett, holt Stift und Papier und fragt: »Es macht dir doch nichts aus, wenn ich deine Worte verwende?« Da er schon schreibt, bringe ich es nicht fertig, ihm zu sagen: Doch, es macht mir etwas aus.

»Ich arbeite an einem Dialog auf Wandtafeln«, erklärt er. »Dieses kleine Dialogstück male ich mit Rot auf rote Leinwand und nehme es gleichzeitig auf Band auf, so daß Tafeln und Stimme wie bei einem Wechselgesang in Dialog treten.«

Von diesem Mist, den er seine Kunst nennt, bin ich nicht beeindruckt. Ich möchte zurück zum Sex und frage: »Wo waren wir gerade?«

Er macht sich wieder an meine Brüste und knetet sie durch, als wären sie Teig zum Brotbacken. Dann nimmt er die Hände weg. »Oh, Moment«, sagt er. »Bevor ich es vergesse, weißt du, wer der neue Chefredakteur für Poesie bei der ›Kenyon Review‹ ist?«

Auf dem Tisch neben dem Bett liegen meine Zigaretten. Wenn er beim Sex reden will, kann ich genausogut dabei rauchen. »Willst du mir irgend etwas sagen?« Ich puste das Streichholz aus.

Er holt tief Luft, wirft einen Blick nach unten und sagt: »Mein Gerät. Es scheint nicht richtig zu funktionieren.«

Gerät. Sein Gerät. Ich weiß, das Wort soll das Bild von Gegenständen heraufbeschwören, die hart sind, aus Eisen und Stahl bestehen – Grubber, Spaten, Hacke –, aber wenn er *Gerät* sagt, sehe ich einen Gemüsezerkleinerer von Woolworth vor mir, mickriges Blechzeug, das nie richtig funktioniert.

»Ich verstehe das nicht«, sagt er. »Passiert das bei deinen anderen Freunden auch öfter?« Aha! Ohne es zu merken, hat er den Grund für seinen schlaffen Pimmel verkündet. Er ist davon ausgegangen, daß ich die gleichen Vergleiche anstelle wie er, daß ich seinen Pimmel gegen andere Pimmel halte. Er befürchtet, der Lebenslauf seines Pimmels könne neben denen der anderen verblassen, die Zeugnisse seines Pimmels wären weniger großartig als die des nächsten Typs. Diesem Leistungsdruck hat sein Pimmel nicht standgehalten.

Ich könnte nun nett sein und ihm sagen, daß hin und wieder jeder Pimmel einmal den Kopf hängen läßt, doch statt dessen antworte ich: »Nein. Meinen anderen Freunden ist das noch nie passiert.« Ich möchte nicht, daß er sich plötzlich einbildet, ich hätte irgend etwas damit zu tun, ich sei die männerkastrierende Königin, die böse Hexe von Schlaffland, die ihren knorrigen Zauberstab über einst steifen Schwänzen schwenkt und sie in Pudding verwandelt. »Aber«, ergänze ich, »das bedeutet gar nichts. Jedem sein eigenes Gerät, stimmt's?«

Und sicherlich wäre die Behauptung »Kennt man einen, kennt man alle« ein Irrtum. Ein verfehlter Aphorismus. Selbstverständlich teilen alle Schwänze gewisse Eigenschaften, doch jeder ist einzigartig, vergleichbar mit Fingerabdrücken, Stimmen, Handschriften und

Gesichtern. Groß oder klein, dick oder dünn, glatt oder faltig, physisch tauglich, manche bereit zum Dienst auf Abruf. Andere haben eine gräuliche Färbung, als würden sie Lucky Strikes kettenrauchen, und ermüden schnell. Einmal bin ich einem Schwanz mit Knick begegnet, als hätte er ein Gummigelenk.

Männer halten ihren Schwänzen ein Eigenleben zugute, betrachten sie als kleine Freunde, als geheime Kumpel. Sie geben ihnen Namen: Melvin, Wilbur, PJ, Pooky.

Ich habe von Frauen gehört, die ihren Brüsten schnuckelige Zwillingsnamen geben: Meg & Peg, June & Jane oder Winky & Blinky. Wahrscheinlich sind es dieselben Frauen, die Trachtenpuppen aus der ganzen Welt sammeln. Noch nie aber habe ich von einer Frau gehört, die gesagt hätte: »Wie wär's, mach dich doch mal an die gute Vivian ran«, oder »Steck ihn zu Florence«, so wie Männer einen bitten, Herman einen Kuß zu geben, oder Jimbob was Gutes zu tun.

Es gibt ein Sprichwort: Nicht auf die Größe der Schuhe kommt es an, sondern auf den Rhythmus der Füße.

Oder so ähnlich.

Oft denken Männer mit einem Großen, das wär's schon, holen ihn raus, stellen ihn zur Schau und erwarten, ich werde nun ganz wild darauf sein und vor Dankbarkeit den Verstand verlieren.

Die Größe ist wirklich unerheblich, solange ein gewisses Volumen, ein gewisser Umfang gegeben ist. Man muß wissen, daß er da ist.

Der kleinste Schwanz, der mir je begegnet ist, war vielleicht nicht der kleinste, der je in der Geschichte verzeichnet war, aber an einem geschlechtsreifen Mann ist mir dieses Maß nie wieder untergekommen. Er war nicht dicker als mein Zeigefinger. Nur am Gesichtsausdruck des Mannes konnte ich erkennen, daß er in mich eingedrungen war. Als er selig das Gesicht verzog, stöhnte ich auf.

Die Erfahrung mit dem kleinsten Schwanz hat mich etwas gelehrt: Eine nicht ideale Situation ist rettbar. Dem Multimediakünstler sage ich: »Mehr als ein Pfad führt zum gleichen Ziel.« Weise lächelnd, als wären es tiefgründige Worte, als zitierte ich Konfuzius: Wenn Schwanz weich wie Nudel, iß gut Essen.

Von einem Künstler erwarte ich, daß er Brüste hochschätzt. Sich mit Gestalt und Form beschäftigt. Die Kunst des Multimediakünstlers jedoch ist eine rein gedankliche Kunst, hat mit Brüsten nicht das geringste zu tun. Das zeigt sich in der Art, wie er mit meinen umgeht. Ihm fehlt das Feingefühl. Er macht Geräusche – blub, blub, blub – wie wenn man mit einem Strohhalm in Milch hineinbläst. Eine absonderliche Begeisterung, und fast denke ich, er wird mich vollsabbern, denn kläglich wimmert er: »Mammi.«

Ich schiebe ihn weg, stehe auf und sage: »Das muß ich aufschreiben.«

Sieben Hungergeschichten

Ich ziehe einen vierten Stuhl heran und durchbreche so die Einheitsfront der Kessel-Schwestern. Sie stecken die Köpfe zusammen, als planten sie eine Verschwörung. »Was ist los?« frage ich.

»Männerprobleme«, sagt die Mittlere äußerst mitfühlend. Ich soll verstehen, daß es nicht ihre Männerprobleme sind.

»Mich hat einer abblitzen lassen«, meldet sich die Jüngste freiwillig.

»Oh.« Ich nehme die Karte, studiere sie auf der Suche nach einem vegetarischen Gericht, und die jüngste Schwester jammert: »Ich erwarte ja gar nicht, daß du mich verstehst, aber du könntest zumindest so tun, als täte ich dir leid.«

»Aber du tust mir nicht leid«, sage ich. »Es tut mir leid, daß einer dich hat abblitzen lassen, aber, Mensch, das kommt vor.«

»Nein, bei dir kommt das nie vor.«

»Doch, natürlich.«

»Wann?« fordert die mittlere Schwester mich heraus. »Erzähl!«

»Ja los. Wer hat dich abblitzen lassen?« Die älteste Schwester hat sich der mittleren angeschlossen.

1) Mein Herz pochte heftig. Ich war von dem tollsten Jungen auserwählt worden, den meine Schule zu bieten hatte. Ich. Eine einfache Neuntklässlerin. In ein paar Monaten würde er aufs College gehen – Brown –, aber in dieser Nacht begegneten wir uns auf einer Party, die sich vom Haus auf den Rasen ausgebreitet hatte, und er führte mich hinter eine Reihe von

Rosenbüschen. Er war dafür bekannt, daß er nicht lange fackelte.

Unter den Beinen spürte ich den kühlen Boden. Nach einem flüchtigen Kuß übersprang er ein paar Stufen und ließ die Hand meine Schenkel emporgleiten. Damals war ich noch Jungfrau. Nicht, daß ich mich für irgend etwas Besonderes aufbewahrt hätte. Ich umgab das Ereignis nicht mit Vorstellungen, wie eine Laura-Ashley-Anzeige sie in uns entstehen läßt: Gedämpftes Licht, spitzenbesetztes Nachthemd, neben dem Bett eine Vase mit Heckenkirschzweigen, ein Bild, das man wie eine silbern gerahmte Fotografie für immer aufbewahrt. Aber ein Quickie hinter ein paar Büschen paßte mir auch nicht. Außerdem war ich mir nicht sicher, ob er meinen Namen kannte. Ich hätte gerne gehabt, daß er meinen Namen kennt, daher umklammerte ich sein Handgelenk und sagte: »Ich möchte nichts tun, was mir hinterher leid tut.« Das war ein gewagtes Spiel, weil ich wohl mit ihm zusammen sein, mit ihm knutschen und seine Hand unter meinem BH spüren wollte.

»Ich bewundere dich«, sagte er. »Wie gut du dich unter Kontrolle hast. Das ist lobenswert.« Dann sagte er: »Bleib hier. Ich bin gleich zurück.«

Ich ließ mich im Lotussitz nieder, was meiner Meinung nach erkennen ließ, daß ich tiefgründig war, Yoga praktizierte und meditierte. Und ich wartete. Wartete, bis ich Krämpfe in den Beinen bekam und die Party zu Ende war, sich auflöste. Ich tat also nichts, was mir hinterher hätte leid tun können. Leid tat es mir hinterher trotzdem.

2) Es war dumm und ungeschickt von ihm. Mir ihr Bild zu zeigen. Blond, allzu langbeinig und mit einem anspruchslosen Badeanzug bekleidet, entstieg sie bei Hilton Head der Brandung. »Ich liebe sie«, sagte er. Sie gehörte der Episkopalkirche an und war Rechtshänderin.

Danach erzählte er mir: Übers Wochenende kamen ihre Eltern nach New York. Sie wollte unbedingt, daß er Mummy und Daddy kennenlernte. Es gab aber einen kleinen Haken. Mummy und Daddy wären zutiefst bekümmert, wenn sie erführen, daß ihr Liebling von einem New Yorker Katholiken durchgebumst wurde. Daß er Medizin studierte, würde bei ihnen nicht ins Gewicht fallen. Also heckte sie einen Plan aus. Sie führte ihn als Freund eines Freundes ein, der ihnen New York zeigen würde, wie es nur ein Einheimischer konnte. »Wird das nicht Spaß machen?« fragte sie. »Und du warst damit einverstanden?« Ich war entsetzt.

»Ich hatte keine Wahl. Ich liebe sie.« Zwei Tränen quetschte ich mir aus den Augen, damit er glauben konnte, ich trauere darum, ihn verloren zu haben. Das war großzügig von mir, eine freundliche Geste, weil ich wußte, wie viele Demütigungen ihm noch bevorstanden.

3) Ich überschlug mich fast für einen Mann, der mehr als alt genug war, um mein Vater zu sein. Er sah nicht gut aus und war auch nicht elegant, aber unwiderstehlich. Er war mager, und seine Knochen standen hervor, als hätte er nie gelernt, wie man sich ordentlich ernährt. Auf den Händen hatte er Aschespuren.

Meine Liebeserklärungen betrachtete er als kindliche Torheiten. Niedlich, reizend, ein Vergnügen, aber ohne Bedeutung. »Komm, komm«, sagte er. »Wenn ich was mit dir anfinge, würdest du mich zwei Wochen später sitzenlassen. Und in welcher Lage wäre ich dann? Ein einsamer alter Mann, den seine junge, schöne, kaltherzige Geliebte verlassen hat.«

»Nie würde ich dich verlassen. Niemals«, beteuerte ich. »Ich liebe dich, und du glaubst mir nicht. Es ist tragisch.«

»Oh, ja«, spöttelte er. »Wirklich sehr tragisch.«

4) Vielleicht lag es an der damaligen Zeit. Alle schienen sich plötzlich im Eiltempo rückwärts zu bewegen – mit einer Binde vor den Augen und wohlverschlossener Hose – und altmodische Werte wiederzubeleben. Selbst der Musiker – Angehöriger einer Bevölkerungsgruppe, der man im allgemeinen die Moral von Schlangen nachsagt – störte sich plötzlich daran, mit einer Verheirateten Sex zu haben. »Es ist nicht richtig«, sagte er, »wie du ein, zwei Stunden mit mir zusammen bist und dann zu deinem Mann nach Hause gehst. Mein Gott«, sagte er, »du bist erst – wie lange? – seit sechs Monaten verheiratet. Wozu hast du eigentlich geheiratet?«

»Um einen Lover an mich zu fesseln«, sagte ich, und fälschlicherweise dachte er, ich meine ihn. »Wie kamst du auf die Idee, mir wäre es lieber, wenn du verheiratet wärest?« fragte er. »Es tut mir leid«, sagte er, »aber wir können uns nicht mehr sehen.«

Seit jemand mich mit neunzehn für eine Debütantin sitzengelassen hatte, worüber ich damals nicht unglücklich sein konnte, war ich niemals mehr ausdrücklich bei einem Mann abgeblitzt. Daher war ich mit dem Ablauf nicht vertraut. Was tut man in dieser Situation? Weinen? Flehen? Auf jeden Fall wurde irgendeine Reaktion von mir erwartet. Also spuckte ich ihm ins Gesicht. Sehr kindisch – und außerdem eklig –, aber hinterher fühlte ich mich besser.

5) Mein Vater ging in seine Praxis, wo er zweimal pro Woche arbeitete. An den anderen Tagen arbeitete er im Krankenhaus. Mitten am Vormittag, meine Mutter buk gerade Plätzchen, und ich schaute zu, weil ich die Schüssel auslecken wollte, rief die Sprechstundenhilfe an und wollte wissen, wo zum Teufel der Herr Doktor stecke, sie habe ein Wartezimmer voll mit Blutpatienten. Die Schüssel mit Plätzchenteig fiel zu Boden und zerbrach. Meine Mutter rief die Polizei an, und ich

pickte die Schokoladenstückchen aus dem Teig und aß sie auf.

6) Ich ging spazieren, und zufällig begegnete ich meinem Freund, dem Jungen, der gerade seinen Hund spazierenführte. Ich entschuldigte mich dafür, daß ich mich seit seinem letzten Anruf nicht mehr bei ihm gemeldet hatte. »Ich war ziemlich beschäftigt«, sagte ich.

Der Junge war nur ein paar Jahre jünger als ich, aber es waren entscheidende Jahre. Er hatte große Achtung vor mir.

Etwas Körperliches war nie zwischen uns geschehen, allerdings hatten wir letzthin vorsichtige Annäherungsversuche in diese Richtung gemacht. Vielleicht war es dann so, daß die späte Stunde und das Mondlicht als Katalysatoren wirkten. Der Hund merkte es als erster, hüpfte aufgeregt herum und beschnüffelte uns im Schritt.

Der Junge wohnte in der Avenue B. Seine Wohnung war ein Rattenloch. So jung war er. Glaubte noch, schmuddelige Räume seien romantisch, und verwechselte die Attribute der Armut mit Empfindsamkeit. Weder von der Matratze auf dem Boden noch von den Küchenschaben, die aufgeschreckt in ihre Schlupfwinkel unter dem rissigen Linoleum huschten, war ich begeistert.

Ich verschloß die Augen vor dem Dreck, und wir küßten uns. Er machte sich als erster los, ließ den Kopf hängen und sagte: »Ich kann das nicht machen. Unsere Freundschaft ist mir zu wertvoll. Ich habe Angst, sie zu zerstören.«

Ich hörte ihn, hörte, was er sagte, die Worte, die er benutzte, aber was ich registrierte, war: Er sagt nein.

Er war jünger als ich, aber vielleicht klüger. Leider war ich gerade nicht in der Stimmung für Weisheiten. Verärgert und sogar ein wenig niedergeschmettert sagte ich: »Das ist der Unterschied zwischen uns. Für mich ist deine Freundschaft nicht so wertvoll. Ich hätte sie riskiert.«

7) Der Mann meines Lebens zählt für mehr als eine Niederlage. »Was kann ich tun?« Unter dem kleinen Tisch des Cafés in der Bleecker Street rieb ich mein Bein gegen seines. »Es sind jetzt schon sieben Jahre. Sieben Jahre meines Lebens, die ich für dich hingegeben habe.«

Skeptisch zog er eine Augenbraue hoch, und ich gab zu: »Gut, es war keine ausschließliche Hingabe, aber ich mußte versuchen, mich von dir abzulenken. Sieben Jahre, und offengestanden: mir fällt nichts mehr ein. Gib mir einen Tip«, bat ich ihn. »Wie kann ich dich glücklich machen?«

»Du machst mich glücklich«, sagte er, sah dabei aber so unglücklich aus, daß ich verzweifelt nach etwas Neuem suchte: »Wie wär's damit?« schlug ich vor. »Ich könnte dir Kuchen backen. Obstkuchen. Ich werde dir Obstkuchen backen. Kirschkuchen, Rhabarberkuchen, Pfirsichkuchen.«

Er lehnte sich im Stuhl zurück und lachte. Das war bemerkenswert, weil er das so selten tat. »Das ist das Netteste, was mir jemals jemand gesagt hat. So nett, daß ich fast glaube, du würdest mir tatsächlich Kuchen backen.«

»Doch wirklich«, beteuerte ich. »Du mußt mir glauben.«

»Ich habe dich nicht verdient.« Jede Spur von Belustigung war verschwunden. »Ich habe nichts getan, womit ich dich verdient hätte.«

Er hatte unrecht. Er hatte alles getan, um mich zu verdienen. Im Gegenteil, ich stand in seiner Schuld, denn ich hatte keinerlei Schicksalsprüfungen erlitten, nichts überwunden, keine Heimsuchung, keine Heuschreckenplage, keinen Hunger.

Die Kessel-Schwestern schweigen. Ohne Zweifel kommunizieren sie telepathisch. Dann spricht die Jüngste: »Anders gesagt«, meint sie, »hast du also keine Ahnung, wie es mir geht.«

»Nein«, stimme ich zu, »wahrscheinlich nicht.«

Auf Distanz

Wohl zum Ausgleich dafür, daß sein Gerät das letzte Mal nicht funktioniert hat, geht der Multimediakünstler diesmal auf Distanz. Er ist oben, und verdammt, er soll oben bleiben. Als wäre der Sexakt ein Marathonlauf, bewegt er sich gleichmäßig und in einem Rhythmus, als müßte er noch viele Meilen laufen. Für dieses Bravourstück hält er seinen Atem unter Kontrolle. Er stöhnt nicht, grunzt nicht, seufzt nicht, wimmert nicht, denn der Trick besteht in Wirklichkeit darin, an etwas anderes zu denken, sich vorzustellen, ich wäre nicht da, er wäre nicht auf mir, nicht in mir, Sex wäre kein Sex, sondern das Ausmeißeln von Marmor oder das Vergleichen von Baseball-Ergebnissen.

Den Pimmel für einen Marathon hart zu halten, ist der Mühe nicht wert. Es wird langweilig, und so bleibt auch mir nur noch übrig, meinerseits an etwas anderes zu denken.

Ich denke an die Zeit, als ich einen richtig lieben Freund hatte, den Torwart der College-Fußballmannschaft. Wir waren ein wunderschönes Paar und paßten absolut nicht zusammen. Zwischen den Kursen knutschten wir auf dem College Walk. Abends gingen wir aus, aßen Pizza und tranken Bier. Ich half ihm bei den Hausaufgaben.

Ich weiß nicht, ob viele junge Sportler ihren Coach so einschätzen, aber mein Torwart hielt seinen Coach für allererste Sahne. Er war der Coolste, der Tollste, ein Traum von einer Vaterfigur. »Weißt du, was der Coach gemacht hat?« fragte er immer. »Weißt du, was der Coach gesagt hat?« Die Heldentaten des Coach bestanden aus so bemerkenswerten Vorfällen wie: Der

Coach fuhr mit dem Auto in eine Tankstelle. Der Tankwart kam und fragte: »Voll?« und der Coach antwortete: »Nein, leer.«

Mein Torwart fand das zum Schreien, zum Brüllen, zum Wiehern, zum Totlachen. Außerdem bewunderte mein Torwart das Privatleben des Coach, seine Frau und seine beiden engelhaften Töchter. Mein Torwart wollte genau so ein Mann werden wie sein Coach.

Die Frau des Coach war hübsch, welkte aber schnell dahin. Bald würde sie müde und billig aussehen, so, als hätte sie die Gewohnheit, zu tief ins Glas zu schauen. Dieser Cheerleadertyp sieht nur eine Weile gut aus, danach wirkt er verwaschen. Ich hatte mit der Frau nie mehr als zwei Worte gewechselt, doch von meinem Torwart, der die Worte seines Coach wiedergab, hatte ich gehört, sie sei nicht gerade eine Denkerin. Wenn mein Torwart also ein Mann wie sein Coach werden wollte, war die Beziehung mit mir nicht der richtige Weg. Ich würde nie eine verblaßte Ex-Cheerleaderin werden, mit einem Mann, der gegenüber einer Bande rotznäsiger Sportsknaben fiese Bemerkungen über meinen Intellekt machte.

Vor Fußballspielen schickte der Coach sein Team abends früh ins Bett, damit sie sich ausruhten, nicht geschwächt waren und Spitzenleistungen erbrachten.

Damals war das Alter, ab dem man legal Alkohol kaufen durfte, achtzehn Jahre. Jedes College hatte eine Kneipe, und nach ein paar Stunden in der Bibliothek schlenderte ich in unsere.

Es war zu voll und zu laut, und in dem Gewühl des Freitagabends war die Suche nach einem bekannten Gesicht viel zu schwierig. Ich wollte nur kurz bleiben und ein Bier trinken, bevor ich in meinem Zimmer verschwand.

Gerade nahm ich einen Schluck aus meiner Flasche Rolling Rock, als jemand hinter mir fragte: »Und wo ist der Torwart?« Es war der Coach.

»Schläft«, sagte ich. »Haben nicht Sie vorgeschrieben, daß die Jungs um neun im Bett sein müssen?« Daß sie allein im Bett sein mußten, verstand sich von selbst.

»Ja«, sagte er, »aber ich hatte nicht gedacht, daß sich wirklich einer daran hält.« Mit einem Kopfnicken wies er in Richtung einer lärmenden Gruppe von Flegeln an einem der Tische. Das Fußballteam war betrunken und machte kräftig einen drauf. Einer der argentinischen Spieler hatte sich einen BH so um den Kopf geschlungen, daß die Körbchen wie Ohrenschützer saßen. Der Torwart, schloß ich, war das einzige Mitglied des Fußballteams, das sich die Anweisungen des Coach wörtlich zu Herzen nahm.

In einer eng aufgeschlossenen Reihe wollte sich eine Gruppe von Mädchen wie eine Schar Entenküken zwischen uns hindurch zur Bar drängeln, und daher trat der Coach näher an mich heran. Sehr nahe. »Wahrscheinlich geht es mich nichts an«, sagte er, »aber was sehen Sie eigentlich in ihm, im Torwart? Er ist schließlich ein guter Junge. Ein sehr guter Junge.«

»Ich bin wohl nichts wert?« fragte ich.

»Das habe ich nicht gesagt. Ich meine, na ja, er ist einfach ein Junge.«

Das war natürlich genau das, was ich in ihm sah. Als könnte ich in meiner eigenen Zukunft lesen, wußte ich, daß mein Torwart eine letzte Rast war, der letzte süße Junge für mich, der letzte Junge, der meine Hand hielt und mir die Schulbücher trug, ein Junge, der ins Bett ging, wenn sein Coach es ihm sagte.

»Sie sind zuviel für ihn«, sagte der Coach. »Er weiß nicht, was er mit Ihnen anfangen soll.«

Ich zuckte mit den Schultern. Es war ein offenes

Schulterzucken, als hätte ich gesagt, ich sei anderen Vorschlägen zugänglich.

Wir gingen in mein Zimmer. Ich schleuderte meine Turnschuhe von den Füßen und schlüpfte aus meiner Khakihose. Der Coach knöpfte mein Oxfordhemd auf. Dann trat er zurück und betrachtete mich, als wäre ich eine Statue. »Dein Körper ist herrlich«, sagte er. »Trag nie wieder sackige College-Klamotten.« Das war nicht dieselbe Sorte Anweisung wie die, vor einem Spiel um neun Uhr abends im Bett zu sein. Dieser Befehl war von einer anderen Art.

Oh ja, der Coach war cool. Sehr cool. So cool, daß er mich beim Ficken im dunkeln tappen ließ. Er gab keinen Laut von sich. Erst machte ich ohh und ahh, wie gut es sei und das übliche Papperlapapp, aber allmählich erschien mir das dämlich. Also verstummte auch ich. Um stumm bleiben zu können, dachte ich an etwas anderes. Ich dachte an den Torwart, daran, daß er im Bett wie ein begeisterter Welpe war. Einmal hatte ich sogar befürchtet, er werde gleich im Bett ein Bächlein machen.

Die Stille ging mir schließlich auf die Nerven. Ich hörte auf, mich zu bewegen, und fragte den Coach: »Hey, bist du noch da?«

»Natürlich bin ich da.« Dann flüsterte er: »Du hast jemanden gefunden, der dir ebenbürtig ist, Baby.«

Und so machten wir weiter, ohne viel Trara; die letzten Reste der Unschuld waren dahin, verschwanden so einfach, wie man ein Versprechen bricht.

Zum Fußballspiel trug ich einen eng anliegenden Rock, eine gewagte Bluse und hochhackige Pumps. Ich saß zwei Reihen hinter dem Coach. Unser Team gewann mit links. Es war ein Spiel, das das Zuschauen kaum lohnte. Nichts kam an meinem Torwart vorbei. Nach der ersten Spielhälfte stand das Zwischenergebnis bei bemerkenswerten drei zu null.

Zu Beginn der zweiten Halbzeit beugte sich der Coach zu seinem Assistenten hinüber, sagte etwas zu ihm und stand auf. Er drehte sich um und kletterte über die Sitzreihen. Als er an mir vorbeikam, machte er mir ein Zeichen, ihm zu folgen.

Sein Büro in der Sporthalle lag nicht weit vom Spielfeld, und es stand eine Couch darin. Er schob mir den engen Rock über die Hüften hoch.

Kurz vor Spielende kamen wir zurück, und obgleich unsere Mannschaft gewann, hatte sie den Gegner doch nicht ausradiert. Das Endergebnis war vier zu zwei. Zwei Bälle waren an dem Torwart vorbeigezischt, als er die Tribüne nach seinem Coach und seiner Freundin absuchte.

Eine andere Art Hunger

Der Multimediakünstler wälzt sich von mir herunter und sagt: »Wow. Das war toll.«

»Hä?« Ich bin noch nicht ganz wieder da. »O ja, toll.« Ich lächle schwach.

»Ohne dich wäre es nichts gewesen.« Er küßt mich auf die Nasenspitze und steht auf, geht in die Küche. Dort holt er eine Orange. Eine einzige Orange. Er nimmt sie mit ins Bett, schält sie, stößt die Daumen in die Mitte. Die Orange bricht auseinander, und Saft spritzt heraus. Ich erwarte, daß er mir die Hälfte anbietet, oder zumindest ein Stück, aber das tut er nicht.

Er steckt sich das letzte Stück in den Mund, kaut mit Gusto, und ich sage: »Ich habe Hunger.«

»Ach ja?«

»Ja.« Das Aerobictraining, das er als Sex ausgeben will, hat mir Appetit gemacht. »Ich hatte keine Orange. Ich brauch was zu essen.«

Was das Schwanzlutschen angeht, hat der Killer einmal gesagt: Es gibt zwei Arten von Frauen.

Was das Essen angeht: Es gibt zwei Arten von Männern. Die einen, die einen am liebsten füttern würden, bis man sich wie ein Hund zu Tode frißt. Und dann die anderen, die sich selber füttern, während man zufällig dabei ist.

»Wenn du willst, kann ich etwas beim Chinesen bestellen.« Der Multimediakünstler läßt es so klingen, als verlangte das große Anstrengung, als tue er mir damit einen großen Gefallen.

»Gute Idee«, sage ich, und er geht zum Telefon. »Für mich nichts mit Fleisch«, rufe ich hinter ihm her, »du weißt ja. Und auch kein Tofu. Der bekommt mir nicht.«

Der Killer bereitet aus frischen Zutaten überreichliche Mahlzeiten für mich zu. Gnocchi, Auberginen, krosses Brot und zum Nachtisch Sesamplätzchen oder Anislikörtoast. Selbst zwischen den Mahlzeiten nötigt er mir Essen auf. Trauben, Kirschen, Bällchen aus Melonenfleisch, eine in mundgerechte Häppchen zerschnittene Birne. Wir essen und ficken, essen und ficken, ficken und essen. Das Ideal für ihn wäre Sex in der Küche, Ficken auf dem Küchentisch, auf einem Bett von Tomaten und Artischockenherzen und mit einem Brotlaib als Kopfkissen. Der Killer sorgt dafür, daß ich voll bin, gesättigt, über meine Aufnahmefähigkeit hinaus befriedigt.

Früher habe ich mich beim Essen immer kurz gehalten, weil ich irgendwie auf die Idee gekommen war, Frauen dürften keinen ordentlichen Appetit zeigen. Von Frauen erwarte man, daß sie nur vorsichtig picken und knabbern. Damals hatte ich die Gewohnheit, mich vor einer Verabredung vollzustopfen, eine Tüte Kartoffelchips hinunterzuschlingen. So konnte ich im Restaurant nach zwei femininen Häppchen die Gabel niederlegen und wahrheitsgemäß sagen: »Ich bin satt«, und so das Bild der exquisiten Köstlichkeit wahren, die ich zu sein vorgab.

Appetit verband ich nicht mit Lust. Wie dumm diese Einschätzung war, erkannte ich an einem heißen Sommerabend, als ich mir bei Sedutto's eine Eiswaffel mit zwei großen Kugeln genehmigte, weil ich allein war. Zwei Kugeln Kirschvanille. Mit der Waffel in der Hand ging ich Eiscreme leckend und das Eis mit der Zunge abspachtelnd weiter. Und stellte fest, daß Männer mich anstarrten, als wären sie scharf auf mich. Nach ihrem Gesichtsausdruck zu schließen, und auch nach dem Ausspruch eines Mannes, der »wäre man jetzt nur eine

Eiskugel«, sagte, merkte ich, daß ich mehr tat als Eiscreme essen, mehr als nur Kirschvanilleeis schlecken.

Unser Essen vom Chinesen ist da. Der Multimediakünstler stellt die braune Papiertüte auf den Tisch und schaut sich die Rechnung an. »Mal sehen«, sagt er, »dein Anteil kommt auf sieben Dollar fünfunddreißig.«

Er will Geld sehen, bevor er das Essen auf den Tisch stellt, als könnte er es zurückschicken, falls ich nicht zahle. Ohne Kommentar gehe ich zu meiner Tasche und nehme einen Zehndollarschein heraus.

»Ich kann nicht herausgeben«, sagt er.

»Behalt es«, antworte ich, und das tut er.

Getrennt bezahlen ärgert mich. Zwei Menschen, die gemeinsam Sex erleben, sollten auch sonst hier und da freigebig zueinander sein.

Er teilt das Essen auf die mitgelieferten Pappteller aus und legt die Stäbchen daneben. Aus seiner Küche stellt er nichts dazu, und die beiliegenden Würzmitteltütchen – Senf und Entensoße – sowie die Teebeutel räumt er an die Seite. Später wird er sie in seinem Vorratsschrank bunkern.

Wir essen, und er wirft verstohlene Blicke auf meinen Teller. »Die Brechbohnen in Sojasoße sind lecker, oder?« fragt er.

»Ja«, stimme ich zu. »Sehr gut.«

»Das bestelle ich normalerweise für mich selbst.«

»Und warum diesmal nicht?« frage ich, worauf er antwortet, es erscheine ihm übertrieben, zweimal das gleiche zu bestellen. »Wir könnten teilen«, schlägt er vor.

Für sich hat er Rindfleisch mit Kohl bestellt. »Das kann ich nicht essen«, weise ich ihn auf eine ihm längst bekannte Tatsache hin. Unter *teilen* versteht er: Er zieht sich die Hälfte von meinem Essen rein, muß mir aber von seinem nichts abgeben.

Nadelöhr

Noch bevor ich klopfen kann, öffnet mir der Killer die Tür. Er hat auf der Lauer gelegen, meinen Schritten im Korridor gelauscht.

Blitzschnell zieht er mich in die Wohnung und stürzt sich auf mich. Er umfängt mich mit den Armen, bedeckt meinen Mund mit seinem. Den Lippenstift saugt er mir von den Lippen, küßt Zähne, Zunge, Mandeln. Mit dem Fuß tritt er die Tür zu, schließt nicht ab.

Wie die Hindugottheit Shiva scheint der Killer mehr als ein Paar Hände zu haben. Seine Hände sind überall gleichzeitig. Er streichelt meine Arme, meinen Rücken, packt meinen Arsch, meine Schenkel, drängt meine Beine auseinander, liebkost meine Brüste, hebt mein Kleid hoch, zerrt an meinem Slip, öffnet seinen Hosenschlitz. In hektischer Aktivität.

Ich steige aus der Unterwäsche, und er ist aus den Kleidern heraus und liegt mit steil aufgerichtetem Schwanz auf dem Bett.

Ich setze mich auf ihn, und mein Kleid – grünlichblau und weit geschnitten – bläht sich wie ein Fallschirm über uns und bedeckt und verhüllt den Akt. Trotzdem entblößen wir genug. Bekleidet ficken ist sehr erregend, obszön. Darauf steh ich.

Ein Tropfen Schweiß läuft mir übers Gesicht und fällt in seinen geöffneten Mund. Er schluckt den Schweiß wie Moschus und leckt sich die Lippen, ein durstiger Mann, ausgedörrt. Er braucht mehr, will sich den Mund füllen und steckt mir die Hand in den Ausschnitt. Ich höre das Reißen, fühle, wie der Stoff in Fetzen geht. Na und? Finge das Zimmer um uns herum Feuer, zündelte es die Wände empor, würden wir unser

Ende in den Flammen finden. Außer unserer Lust zählt jetzt nichts.

Der Killer erschauert, stöhnt, ruft seinen Jesus an. Kurz darauf schmelze ich dahin, löse mich in Wärme auf, lächle.

Dennoch ist der Killer enttäuscht, da ist etwas, das er bedauert: Er wünschte, wir kämen gemeinsam, teilten unseren Orgasmus miteinander wie einen Milkshake mit zwei Strohhalmen. »Das passiert bei uns nie. Du weißt schon, zwei Herzen, die wie eines schlagen.«

Ich verziehe das Gesicht. »Gleichzeitiger Orgasmus ist ein zufälliges Zusammentreffen, weiter nichts«, sage ich. Was ich nicht sage, ist: Was mein ist, ist mein und sollte ohne jede Verwirrung eindeutig mein bleiben.

Als ich rauchend auf dem Rücken liege, fühle ich, wie der Schleim heraussickert und mich feucht macht, und so stehe ich auf, um mich zu säubern.

»O je«, der Killer weist ganz unnötig darauf hin. »Dein Kleid hinten. Da hast du genug für ein kleines italienisches Dorf.«

»Ich weiß. Das wäscht sich raus. Aber das«, ich fasse an die Stelle, wo mein Kleid zerrissen ist, wo die Naht klafft. »Das könnte ein Problem sein. So kann ich nicht heimgehen. Es sieht so aus, als wäre ich vergewaltigt worden.«

»Geschändet«, verbessert er mich.

Es ist nicht wahrscheinlich, daß er eine Sicherheitsnadel besitzt, er ist kein vorsichtiger Mensch, aber dennoch frage ich.

»Ich glaube kaum«, sagt er. »Aber Nadel und Faden habe ich.« An seinem Toilettentisch zieht er eine Schublade heraus, und ich gestehe: »Ich kann nicht nähen.«

Er schüttelt den Kopf über dieses eigenartige Wunder, das ich bin, und sagt: »Dann ist es ja gut, daß ich es kann.«

Im Sessel bei der Stehlampe beugt er sich unter das Licht. Ein Teil seines Gesichts ist beleuchtet, und ich sehe zu, wie er das Ende des Fadens mit der Zunge befeuchtet und dann durch das Nadelöhr schiebt. Geschickt macht er einen Knoten.

Ich will das Kleid ausziehen und ihm zum Flicken geben, habe es schon unten am Saum gepackt, doch er sagt nein. Er winkt mich zu sich heran, ich soll mich vor ihn stellen.

Unter dem Licht nimmt er den Stoff meines Kleides, fügt die zerrissenen Nähte zusammen und näht mit gefälligen, ordentlichen Stichen, als wäre ich diejenige, die er in Ordnung bringt.

Drei

Den Körper verlassen

Während des Aktes bin ich zu einem Trick imstande: Ich kann mich entziehen, meinen Körper verlassen, an dem Vorgang nur insoweit beteiligt sein, als ich in der Luft darüber schwebe und zwei Menschen bei der Paarung zuschaue. Manchmal war sogar das zu schwer zu verdauen, und dann verließ ich das Zimmer gänzlich, trieb zu einem Film davon oder zum Strand. Für den Orgasmus kam ich aber zurück. Ganz umsonst sollte es doch nicht sein.

Wenn das geschah, wenn ich mich von meiner unteren Körperhälfte trennte und meine Aufmerksamkeit auf etwas völlig anderes richtete, dann nahm ich das als Botschaft Gottes: Mach dir nicht die Mühe, nochmals mit diesem Typ zu schlafen.

Das Ergebnis ist: Ich war intim mit Männern, mit denen ich nicht im geringsten intim war. Technisch gesehen haben wir gebumst, aber ich kann nicht sagen, daß ich dabei war.

Beim Küssen dagegen kann ich diesen Abstand nicht wahren. Das Küssen erfordert meine Gegenwart, meine Teilnahme. Der Mund ist den Augen, dem Hirn, der Kehle zu nahe, als daß ich mich davon trennen könnte. Küssen ist nah und persönlich, und es sind immer zwei daran beteiligt.

Zwar küßt so ziemlich jeder, doch die guten Küsse sind wie Schmetterlinge. Mit der Sicherheit des Instinkts flattert ein guter Kuß auf, gleitet dahin, steigt empor, stößt hernieder und landet an einem namenlosen Punkt, so daß ich fast die Besinnung verliere und denke: Bis in alle Ewigkeit könnte ich so weiterküssen.

Es war ein Sommerabend, spät im Juli oder früh im August, und der Mann meines Lebens und ich gingen spazieren. Ich war schwindlig vor Glück, mit ihm zusammen zu sein, ohne daß Cafétische oder die Armlehnen von Kinosesseln uns trennten. Wie ich ihn dazu gebracht hatte, einem kleinen Abendspaziergang zuzustimmen, ist mir ein Rätsel. Vielleicht ist es einfach passiert. Ich trug ein weißes Kleid mit Lochmuster, einen weißen Baumwollslip und Sandalen, das war alles. Der Abend war warm und schwül. Am Himmel funkelten keine Sterne. Wir gingen den Fluß entlang, an den Hehlern und Huren vorbei, den Junkies und den Obdachlosen auf ihren Schlafunterlagen aus Pappe. Auf der anderen Seite dieser Ödnis traten wir in eine Gasse: gepflastert, eng, kurvig, schief, eingesunken und mit Gebäuden zu beiden Seiten, die aussahen, als wären sie einmal Ställe gewesen.

Dort küßte ich ihn. Und er küßte mich wieder. Oh, was für Küsse! Kostbare Küsse, jeder wie ein Gedicht. Es schien unmöglich aufzuhören, sich von solchen Küssen loszureißen, aber ich schaffte es, zurückzutreten und alles zu verderben. »Laß uns zu mir nach Hause gehen«, sagte ich.

Seitdem habe ich viele Jahre lang nach dieser gepflasterten Gasse gesucht, als könnte ich damit das Verlorene wiedergewinnen. Den ganzen Fluß entlang habe ich die Nase in jede Ecke und jeden Winkel gesteckt. Ich habe Leute gefragt: »Kennen Sie eine Gasse, die vom Fluß wegführt? Gepflastert? Vielleicht mit Gaslaternen?« Doch keiner kannte diese Stelle, und ich begann zu glauben, nicht, daß ich sie mir ausgedacht hätte, doch daß der Mann meines Lebens und ich auf den Flügeln eines Kusses an einen anderen Ort und in eine andere Zeit versetzt worden seien. Nur so lange konnten wir dort bleiben, wie der Kuß dauerte. An jenem Abend war irgend etwas Magisches geschehen; ein

Verlassen des Körpers, aber von völlig anderer Art, als wenn ich über dem Bett schwebe, in dem ich gerade Sex habe.

Heute am späten Vormittag rief der Killer mich an und sagte: »Wir wollen uns treffen. Ich muß mal raus. Muß mich durchlüften. Wir wollen uns treffen und spazierengehen.«

Es ist nicht Sommer. Es ist früher Winter und so kalt, daß mein Atem ein Wölkchen vor dem Mund bildet. Ich trage einen Pullover, einen Mantel und einen Hut. An der Ecke Hudson und Bank Street treffe ich den Killer. »Laß uns zum Fluß gehen«, er faßt mich beim Ärmel. Er trägt schwarze Lederhandschuhe und hinterläßt keine Fingerabdrücke.

Wir sitzen auf dem Pier. Auf der anderen Seite, jenseits des Flusses, liegt Hoboken. Wir rauchen, und als wir ausgeraucht haben, sage ich: »Es ist eiskalt hier draußen. Komm, laß uns gehen.«

Zwei Blocks weiter südlich überquert er mit mir die Straße. Ich gehe noch einen Schritt und bleibe stehen, in einer anderen Zeit gefangen. »Das ist es«, sage ich. »Genau hier.«

»Charles Lane«, informiert mich der Killer. »Das hier ist Charles Lane. Warst du noch nie hier?«

»Einmal«, flüstere ich. »Einmal schon.«

»Sie ist sehr schön, nicht wahr. Eine der wenigen verbliebenen sehr, sehr alten Straßen. Ein Original. Es gibt noch ein paar dieser Art, aber näher zum Zentrum.« Der Killer spricht gegen die Wand. Ich höre nicht zu, weil wieder Sommer ist. Ich habe mein weißes Kleid mit dem Lochmuster an und weiß nicht genau, ob mir das Herz gebrochen ist oder nicht.

Der Killer streckt den Arm aus und zieht mich an sich. Und wir küssen uns. Der Kuß wird zu einem Kuß aus der Vergangenheit, dann verwandelt er sich in einen anderen Kuß. Aber nicht in irgendeinen anderen

Kuß. Auch dieser Kuß kommt aus einer anderen Welt. Ich fühle mich, als würde ich schweben, als wären meine Füße Zentimeter über dem Pflaster. Und ich denke: Bis in alle Ewigkeit könnte ich so weiterküssen.

»Hey«, der Killer löst sich von mir, »wollen wir zu mir nach Hause gehen?«

Ein Gleichnis

Ich nehme mir eine Zigarette und setze mich auf die Bettkante; den Aschenbecher habe ich auf dem Oberschenkel abgestellt, und mit den Füßen stehe ich jetzt fest auf dem Boden.

Der Killer steht auf, zieht aquamarinblaue Jockey-Unterhosen und ein schwarzes T-Shirt an und sagt: »Du bist es. Du bist die, für die ich bestimmt bin. Ob es dir gefällt oder nicht, für mich gibt es keine andere. Ich weiß es. Du bist für mich die Frau fürs Leben.«

Ich möchte ihm eine Geschichte erzählen. Eine Liebesgeschichte, von der ich aus einem Dokumentarfilm im Fernsehen erfahren habe. »Hör zu«, sage ich, denn die Geschichte erscheint mir bedeutsam: Auf einer der Galapagos-Inseln lebte bis vor kurzem eine Population von Meeresschildkröten. Große Meeresschildkröten der Art, wie sie in den Mythen über die Tiefsee eine Rolle spielen. Doch wie der Brontosaurus, das fellbedeckte Mammut und die Dronte, sind auch diese Schildkröten ausgestorben. Weg – pfft – für immer. Ohne ein Wort der Erklärung war plötzlich der ganze Haufen einfach so ausgelöscht. Außer einer. Merkwürdigerweise überlebte eine einzige Schildkröte die Katastrophe, die all ihre Artgenossen vernichtete.

Es gibt zwei Tatsachen, die man über diese Schildkrötenart wissen muß: 1) Die Lebenserwartung beläuft sich, mal abgesehen von diesem unbekannten Ereignis, das die Artgenossen der überlebenden Schildkröte ausradiert hatte, auf hundertfünfzig Jahre – eine sehr lange Zeitspanne, und 2) Diese Schildkröten leben monogam – sie haben nur einen Lebenspartner, und ihre Ehen bestehen länger als ein Jahrhundert.

Außerdem muß man über unsere Schildkröte, die überlebende Schildkröte, zwei Dinge wissen: 1) Es handelt sich um ein Männchen, und 2) Dieses Männchen wird auf knapp unter Dreißig geschätzt. In der Zeitrechnung der Meeresschildkröten noch ein Baby.

Es hat noch einen langen Weg vor sich, kann noch ein Leben lang Weichtiere fressen, sich auf Felsen sonnen, ausgelassen im Wasser spielen und es schön haben. Aber es gibt einen Haken: Es hat kein Weibchen und wird auch nie eines haben. Wie Leviathan, dem Ungeheuer von Loch Ness und dem Sasquatchriesen ist dieser Schildkröte das Los des Zölibats und der Einsamkeit auferlegt.

Dabei fällt mir auf, was aber nicht zur Geschichte gehört, daß auch der Mann meines Lebens wie diese Schildkröte ist. Auch sein Volk ist verschwunden.

Unglücklicherweise ist das Schildkrötenmännchen nicht fähig, eine solche Schicksalswendung zu verstehen, und so klettert es jeden Tag auf eine felsige Klippe, reckt seinen sehnigen Hals empor und ruft nach ihr. Mit lauten Schreien lockt es seine Schildkrötendame. Doch sein Stöhnen, sein klagendes Liebeslied, sein Lockruf nach einem Weibchen verhallt im Nichts. Mindestens hundert Jahre lang wird es dies jeden einzelnen Tag wiederholen. In hundertundnochwas Jahren gibt es viele, viele Tage, aber niemals wird das Männchen kapieren: Sie kommt nicht. Es gibt sie nicht.

»Kann er sich nicht mit irgendeiner anderen Meeresschildkröte zusammentun?« Der Killer stellt eine vernünftige Frage. Ich antworte ihm so wie der Naturforscher in der Sendung: »Nein. Auf seinen besonderen Lockruf antwortet keine andere Schildkröte. Die Natur ist in dieser Hinsicht äußerst vorsichtig.«

Diese schreckliche Misere macht den Killer sprachlos, drückt ihn nieder, überwältigt ihn fast, doch dann fällt ihm etwas ein, eine Möglichkeit, und sein Gesicht hellt sich auf. »Hey«, sagt er, »weißt du, das Meer ist verdammt groß. Ich wette, irgendwo da draußen gibt's noch eine, sein Weibchen, das schwimmt da rum. Irgendwann wird sie ihn finden. Meinst du nicht? Ich meine, komm schon, das Meer, dieses scheißverdammte Meer, es ist endlos.«

Der Killer ist auf das Happy End aus, das Ende, an dem sich alles fügt, aber dieses Ende wird es nicht geben, niemals, auch nicht in hundertundnochwas Jahren.

Spieglein, Spieglein

Als wären wir seit zwölf, dreizehn, siebenunddreißig Jahren miteinander verheiratet, liegen der Multimediakünstler und ich nach einer schlappen Nummer im Bett und lesen. Ebensogut könnte ich mein Gesicht mit Cold Cream bedecken und mir ein paar Lockenwickler ins Haar stecken.

Er liest die ›Zeitschrift absichtlich obskuren Gebrabbels‹, Titel und Untertitel sind mit Neos, Ismen und Dialektik vollgepfropft. Es ist eine Kette von Wörtern, deren Sinn sich mir entzieht.

Ich überfliege gerade eine dieser kostenlosen Zeitungen, die in Supermärkten, Kopierläden und Waschsalons zum Mitnehmen ausliegen, als der Multimediakünstler den Kopf hebt und mir einen Witz erzählt.

Frage: Warum lieben jüdische Frauen mit geschlossenen Augen?

Antwort: Sie können es nicht sehen, wenn ein anderer Spaß hat.

Ich lache nicht, gebe nicht einmal ein höfliches Lächeln von mir, um anzudeuten, daß ich den Witz zumindest kapiert habe.

Kann sein, daß er denkt, sein Witz sei einfach kein guter Witz, nicht komisch gewesen. Vielleicht denkt er auch, er habe die Pointe vermasselt, weil er keine Übung im Witzeerzählen hat. »Warte, warte«, er durchforstet sein Gedächtnis. »Ich weiß noch einen. Was machen jüdische Frauen zum Abendessen?«

»Eine Reservierung«, antworte ich kurz.

»Den kennst du schon?«

»Ich kenne sie alle.«

Er vertieft sich wieder in seine Zeitschrift, und ich

blättere raschelnd in der Zeitung. Ein lauter, entnervter Seufzer entwindet sich meinem Innern, ein Stöhnen steigt empor.

»Hast du etwas gesagt?« fragt der Multimediakünstler.

»Nein, *gesagt* habe ich nichts.«

Er kümmert sich nicht weiter um die Ursache des Geräusches, und so bleibt mir keine Wahl, als es zu wiederholen.

»Ist was?«

»Ja«, sage ich. »Die Langeweile hier macht mich verrückt.«

»Langeweile? Welche Langeweile?«

»Das hier. Du. Nach dem Sex im Bett zu lesen, nach Sex, der an Nekrophilie grenzte, nur daß du noch nicht ganz tot bist. Du wartest nur noch auf den Tod. Für jemanden, der sich selbst als den innovativen Hipster sieht, bist du eine ganz schön müde Kartoffel.«

»Ein innovativer Hipster? Ich habe mich nie als innovativen Hipster bezeichnet.«

»Das ist auch nicht nötig«, kläre ich ihn auf. »Du hast es voll drauf. So toll, so cool, dem Mainstream immer zwei Schrittchen voraus, setzt du weltweite Trends. Okay, aber bei mir zieht das nicht. Bis jetzt hast du noch keine einzige wirklich originelle Idee gehabt.« Als ich fertig bin, stelle ich überrascht fest, daß sein Gesicht Schmerz verrät, als hätte er eine innerlich blutende Wunde. »Was ist los?« frage ich. »Geht es dir nicht gut?«

»Ich bin verletzt«, sagt er. »Du, deine Worte, haben mich verletzt.«

»Wirklich? Im Ernst?«

»Ja, wirklich. Glaubst du, ich habe keine Gefühle?«

»Ja«, antworte ich wahrheitsgemäß. »Oder zumindest nicht diese Art von Sensibilität.« Dann füge ich zu meiner Verteidigung hinzu: »Okay, mit diesen

Witzen über jüdische Frauen hast du mich zuerst verletzt.«

»Nein, das stimmt nicht«, sagt er. »Diese Witze betrafen dich nicht. Du siehst nicht einmal jüdisch aus.« Er markiert die Seite in seiner Zeitschrift mit einer Büroklammer und nähert sein Gesicht dem meinen. Vermutlich will er jetzt einen Kuß. Ich befeuchte die Lippen, und er sagt: »Wir sind nicht gleichen Geistes.«

»Bitte?«

»Mir scheint, du gehst davon aus, daß wir, du und ich, sehr ähnliche Neigungen haben, daß wir ähnliche Werte, eine ähnliche Moral, ähnliche Hoffnungen und Ideen teilen. Doch in Wirklichkeit ist unser Naturell sehr verschieden.«

»Denkst du, das weiß ich nicht?« Wir haben wenig gemeinsam. Er ist falsch und anmaßend. Ich bin direkt und ehrlich. Oder zumindest ehrlich genug, mir einzugestehen, daß er nicht völlig unrecht hat. Ich denke, daß wir einige Züge gemein haben. Zum Beispiel: Wenn man die Sache genau betrachtet, liegt uns beiden nicht die Bohne am anderen.

»Zum Beispiel«, sagt er, »kann ich diese Situation nicht so freimütig sehen wie du. Das hier«, er macht eine wedelnde Handbewegung über dem Bett mit mir darin, »ist schwirig für mich. Konfliktbeladen. Ich leide unter dem Durcheinander. Aber für dich ist es nichts als Spiel und Spaß.«

Die Bemerkung, so weit sei es mit dem Spaß ja nicht her, bietet sich an. Doch ich schlucke sie hinunter; das wäre nur Wasser auf seine Mühle.

»Für mich«, fährt er fort, »für mich... also, meine Gefühle gehen tief. Dinge, Ideen, Menschen liegen mir sehr am Herzen.«

Dinge, Ideen, Menschen, in dieser Reihenfolge wagt er, in seinem Herzen Luft zu schaffen. Dinge. Ideen. Menschen. Ganz abstrakt. Nichts, niemand im Besonderen. Oh, es stellt sich heraus, daß er und ich am Ende doch sehr ähnlich sind. Nur ist er noch nicht so weit, so entwickelt wie ich. Ein Stück Kohle, verglichen mit einem glasschneidenden Diamanten. Ich bin das Spiegelbild dessen, was er einmal werden könnte – aber bis dahin hat er noch einen weiten Weg vor sich.

»Warum« ist eine gute Frage

Die Kessel-Schwestern bilden die Jury. Ein Triumvirat, das über den Fortgang meiner Affäre mit dem Multimediakünstler befindet – entscheidet, was daraus wird.

»Er muß ein paar gute Eigenschaften haben.« Die jüngste Schwester ist die weichherzigste. »Was magst du an ihm?«

»Wir haben den gleichen Teint, die gleiche Haarfarbe. Wir könnten vom selben Volk stammen.«

Die Kessel-Schwestern wissen die Freude an Ähnlichkeiten zu schätzen, aber es genügt ihnen nicht. Die mittlere Schwester, die Pragmatikerin, fragt: »Was tut er für dich? Was hast du von dem Zusammensein mit ihm?«

»Er nimmt mich zu Ausstellungseröffnungen mit, wo es oft köstliche Hors d'œuvres gibt. Und die Leute dort sind interessant zu beobachten, wie Angehörige einer fremden Kultur. Und«, füge ich hinzu, »ich habe bei ihm wundervolle Orgasmen.« Ein völlig unerklärliches Phänomen. Für solche Orgasmen gibt es keinerlei Begründung. Der Sex mit ihm – das Rein und Raus – ist langweilig, eine rein mechanische Angelegenheit. Ohne aktive, unterstützende Phantasie ginge es gar nicht. Dennoch habe ich traumhafte Orgasmen. Verstehe das, wer will. Orgasmen, die im Bauch beginnen und sich dann wie ein Ölteppich warm, dick und klebrig bis in die Fingerspitzen ausbreiten.

»Jetzt laß uns die Negativseite betrachten.« Die älteste Schwester behält seine Fehler im Auge.

»Eigensüchtig. Geizig. Billig. Ein geistiger Fußgänger, aber mit elitärer Einstellung. Egozentrisch, und abgesehen von den traumhaften Orgasmen ist er im Bett eine Niete.«

»Kannst du das präzisieren?« Die älteste Schwester ist auf Details, Beispiele, Illustrationen aus.

Ich biete ihr ein paar zur Auswahl: Er ißt vor meinen Augen, ohne mir etwas abzugeben. Er hat mir noch niemals etwas spendiert, nicht einmal eine Tasse Kaffee. Wenn wir miteinander geschlafen haben, steht er auf und telefoniert. Das einzige Kompliment, das er mir je gemacht hat, war, daß ich nicht jüdisch aussehe, und er hat irgendeine Abneigung gegen Oralsex.

Die Kessel-Schwestern haben aber noch immer den Eindruck, die Beweise reichten nicht aus, die Waagschale Justitias sinken oder steigen zu lassen. »Du verheimlichst uns etwas«, sagt die Mittlere. »Was hast du verschwiegen?«

»Nichts. Außer dieser einen Sache.« Dann erzähle ich: Erschöpft lösten wir uns voneinander. Noch hatte ich die Augen geschlossen, fühlte die körperliche Erschlaffung, da hörte ich ihn wie aus weiter Ferne, doch war mir natürlich klar, daß er direkt neben mir lag: »Magst du Basketball?« fragte er.

»Nein«, antwortete ich.

»Oh. Das St.-John's-Spiel läuft gerade. Gegen Villanova. Eines der großen Spiele dieser Saison.«

Als ob ich die Antwort nicht schon wüßte, fragte ich: »Möchtest du es sehen?«

»Ja, gerne.«

»Dann sieh es dir an. Nimm keine Rücksicht auf mich.«

Und er nahm keine Rücksicht auf mich. Ich steckte mir eine Zigarette an, blätterte ›Artforum‹ durch und betrachtete die Bilder, während er mit der Fernsehantenne herumfuhrwerkte. Dann war er mit dem Empfang zufrieden und hüpfte aufs Bett.

Wie man einen Stein übers Wasser schnellen läßt,

schleuderte ich ›Artforum‹ quer durchs Zimmer und fragte mich: Was tue ich hier eigentlich?

Zwischen den Falten des Bettlakens fand ich meinen Slip. »Ich gehe jetzt«, sagte ich.

»Schon? So bald? Los! Los! Verdammt! Mach schon!« schrie er, und ich fragte: »Kann ich mich vielleicht erst noch anziehen?«

Er lachte: »Nicht du. Dich habe ich nicht gemeint. Nummer sechzehn hatte den Ball und stand damit rum wie ein Idiot. Hielt ihn fest.«

»Mir fehlt ein Strumpf«, sagte ich. »Hast du ihn gesehen?«

»Ja!« Er schleuderte die Faust in die Luft.

»Und wo ist er?«

»Ich weiß nicht. Aber er kann nicht einfach weggegangen sein. Du findest ihn schon.« Wie kalt und gefühllos er den Verlust genau dieses Strumpfes aufnimmt, den er noch vor nicht einer Stunde zärtlich gestreichelt hat.

Den verlorenen Strumpf fand ich wie einen Gartenschlauch um ein Stuhlbein geschlungen, als hätte er sich von allein verheddert. Dann zog ich meinen Lippenstift nach, nahm Mantel und Tasche und sagte: »Bis dann.«

»Wenn du bis zur Halbzeit warten kannst«, sagte er, »begleite ich dich hinaus.«

»Nein, ich kann nicht bis zur Halbzeit warten.«

Er hielt den Kopf so starr, als wäre der Hals gebrochen und mit Stahlstiften fixiert und genagelt, doch mit den Augen folgte er dem Basketball, und sie hüpften, schossen hin und her, glitten dem Ball nach, wie er gedribbelt und weitergegeben wurde, zum Korb flog und ihn verfehlte. »Nein! Wann sehe ich dich wieder?«

»Sprichst du mit mir?« fragte ich.

»Natürlich spreche ich mit dir. Wann sehe ich dich wieder?«

Ich wollte wissen, warum. »Warum willst du mich wiedersehen?«

»Warum?« wiederholte er. »Was ist das für eine Frage?«

»›Warum‹ ist eine gute Frage«, sagte ich.

»Weil es heute abend mit dir toll war. Es ist immer toll mit dir. Ich mag dich«, sagte er. Noch immer achtete er mehr auf das Basketballspiel als auf mich und fügte hinzu: »Ich mag dich sehr.«

Es war nicht genau das gleiche wie ein traumhafter Orgasmus, doch in mir breitete sich Wärme aus und ließ mich schwach und puddingweich zurück, zu weich, um auf eigenen Beinen zu stehen, und ich sagte: »Oh. Okay. Ruf mich an.«

Die Kessel-Schwestern, die nebeneinander auf der Couch sitzen, rufen wie aus einem Munde: »Laß ihn fallen!«, als wären sie die Del Rubio Triplets. »Laß ihn fallen«, singen sie.

Teil meines anderen Lebens

»Was hältst du von Silvio?« Der Killer sitzt auf dem Bettrand und streichelt mir über Beine, Waden und Fesseln.

»Silber?« Ich stelle mir antikes Besteck vor, Messerbänkchen und Kerzenhalter in einer wurmstichigen, alten Schublade.

»Silvio«, wiederholt er. »Ich möchte, daß wir unseren ersten Sohn Silvio nennen. Und paß auf, unser zweites Kind, ein Mädchen, nennen wir Tosca. Tosca«, mit romantischem Vibrato spricht er den Namen aus. »Ist das nicht schön? Tosca. Aus der Oper, weißt du. Was hältst du davon? Silvio und Tosca.«

»Silvio und Tosca. Klingt wie ein ausländischer Film. Mit Untertiteln. Auf der Leinwand hieße es *Silvio e Tosca*.«

»Nein, komm schon, wirklich. Was hältst du davon?« Er kann nicht fragen, was ich wirklich davon halte. Ausgedachten Babys Namen zu geben muß ein Spiel sein, wie das Vorspiel, nur danach.

»Tosca ist in Ordnung. Aber Silvio... ich weiß nicht. Es wirkt schnell lächerlich. Familiensilvio und so. Sollen eure Kinder nicht außerdem nach Heiligen benannt werden?«

»Doch, aber...«, er verzieht das Gesicht, »scheiß drauf.«

»Ich soll sie nach den Verstorbenen nennen«, erzähle ich ihm.

»Ach so, deswegen.« Der Killer hat sich immer gefragt, warum jüdische Kinder nie Junior oder Bub oder Klein Irving gerufen werden. »Du weißt schon«, sagt er, »im Gegensatz zum großen Irv, dem Vater.« Er macht weiter mit dem Unsinn und fragt als nächstes, wo wir leben werden. »Mit zwei Kindern«, sagt er, »brauchen wir ein Haus.«

Ist es gefährlich, so zu tun, als würden wir Kinder haben, indem wir ihnen Namen geben wie kleinen Kätzchen? Kann es schaden, darüber zu reden, wo wir ohnehin niemals leben werden? Kann so ein Spiel Ärger machen?

»Ich denke, wir sollten uns ein einfaches Haus auf Long Island suchen«, sagt der Killer.

»Warum seid ihr aus Brooklyn immer auf ein einfaches Haus auf Long Island aus?« frage ich. »Wie kommt ihr auf die Idee, Dix Hills sei ein Schritt nach oben?«

Der Killer sieht verwirrt aus. Vielleicht ist Long Island ein Traum, den er nicht aufgeben möchte. Außerdem denkt er an etwas anderes. »Weißt du«, sagt er, »wenn du schwanger bist, wird sich das hier ändern«, er zeigt auf das Bett. »Hast du erst einmal zugelegt, können wir nicht so weitermachen wie jetzt.«

Das ist es! Jetzt reicht's! Das setzt weiterem Phantasieren ein Ende. Nur hat er nicht gemerkt, daß ich mich zurückgezogen habe, nicht mehr mitmache, und fragt: »Was hältst du von Jersey?«

Ich setze mich in dem schmalen Bett auf und kehre dem Kruzifix, dem Heiligenbild, den Rücken. Ihm und seiner Ernsthaftigkeit sehe ich ins Gesicht. »Wenn wir verheiratet wären und zwei Kinder hätten«, sage ich, »wäre unser Leben die Hölle.«

»Lach nicht«, er umfängt mein Kinn mit der Hand, hält es fest. »Du lachst, und mir ist es ernst. Ich möchte, daß wir ein gemeinsames Leben haben.«

»Wir haben ein gemeinsames Leben«, entgegne ich. »Dies hier haben wir, und dies ist unser gemeinsames Leben.«

»Es ist nicht genug. Ich möchte abends zu dir nach

Hause kommen. Es ist mir sehr ernst damit. Und ich bin jetzt ganz ruhig.«

Ich versuche, nicht über seine Worte nachzudenken. Wenn ich zu viel darüber nachdenke, wird mir kalt.

»Ich möchte, daß wir zusammen leben«, sagt er wieder. »Der Rest, die Einzelheiten, Kinder, Wohnung, das ist nicht wichtig. Das wird sich später ergeben. Das Wichtige sind wir. Zusammen.«

Ich versuche, mir ein Leben mit dem Killer vorzustellen. Unser gemeinsames Leben. Und so sehe ich es vor mir. Wir würden in der Bronx leben. Nicht in Brooklyn, weil Brooklyn zu ihm gehört und mich überwältigen, komplett verschlingen würde. Also die Bronx. Auf dem Grand Concourse, der von Bäumen gesäumten Avenue, die so breit ist wie ein Boulevard, wo die Häuser noch aus der Zeit vor dem Krieg stammen und die Wohnungen geräumig sind, hohe Decken haben, und in den Treppenhäusern noch der Geruch von Essen hängt, das vor fünfzig oder sechzig Jahren gekocht wurde.

Unsere Wohnung wäre sowohl prächtig als auch heruntergekommen. Die barocken Zierleisten wären abgebröckelt, die Farbe abgeblättert. Zwischen den Zimmern wären Glastüren mit Türgriffen aus Kristall, das Glas gesprungen. Der Boden unseres Badezimmers wäre aus rosa Marmor. Die Badewanne hätte Füße. Sein schmales Bett würden wir gegen ein größeres tauschen, doch nicht viel größer, denn unter dem Kruzifix würden wir eng umschlungen schlafen.

Die Lebensmittel würde ich kaufen. Jeden Tag ginge ich zum Einkaufen aus dem Haus. Nicht in den Supermarkt. Liebevoll würde ich beim Gemüsehändler einkaufen, beim Bäcker, im Käsegeschäft. Die Einkäufe würde ich in einen Korb legen, und wenn der Korb voll wäre, würde ich in unsere Wohnung auf dem Grand Concourse zurückkehren. Der Killer würde mir bis zur

Tür entgegengehen und mir den Korb abnehmen. Immer, wenn ich vom Einkaufen zurückkäme, würde er schon auf mich warten.

Zusammen würden wir auspacken. Büchsen und Gläser in Schränke und leicht Verderbliches im Kühlschrank verstauen, aber kochen würde ganz allein er. Nudelgerichte würde er zubereiten – Fedellini, Vermicelli, Capellini, Acini di Pepe. Aus reifen Tomaten, Olivenöl und Gewürzen würde er die Saucen machen. Sauce machen wäre eine Ganztagsbeschäftigung.

Daß ich kein Fleisch esse, würde er respektieren, Linsen dagegen, Sojaprodukte und Naturreis nicht. Diese Nahrungsmittel würde der Killer nicht verstehen. »Was ist das?« würde er fragen. »So was ißt du?« Vielleicht würde ich ihm erklären, daß gedämpftes Gemüse vitaminreicher ist, doch er und ich gehören verschiedenen Generationen an, stammen von verschiedenen Orten. Er würde weiter alles Grüne mit Knoblauch in Olivenöl sautieren. Er glaubt, daß Knoblauch Krankheit und allem Übel vorbeugt. An einem kleinen Tisch würden wir in unserer schmuddeligen Küche sitzen – vor dem Fenster eine kleine Gasse mit kreuz und quer gespannten Wäscheleinen – und seine Nudelgerichte essen.

Wir würden uns selbst genügen. Niemals würde jemand zu Besuch kommen. Die Bronx kennt keiner. Kinder hätten wir nicht. Auch kein Haustier. Ebenso keinen Fernseher. Er würde im Sessel sitzen und Radio hören, Oper und Jazz. Rock 'n' Roll würde ich nicht mehr hören. Rock 'n' Roll, ein Teil meines anderen Lebens, für den in diesem kein Platz wäre. Vielleicht würde ich lernen, an Puccini, Verdi und Lionel Hampton Gefallen zu finden.

Der Killer würde mich anbeten, mich behandeln, als wäre ich aus Porzellan, mich bewundern und nur mit großer Vorsicht in die Hand nehmen – wie das Geschirr seiner Mutter. Tägliche Dankgebete würde er an den zuständigen Heiligen richten, an den betreffenden Heiligen, dem für ein so glückliches Leben Dank gebührt.

Da er die Gewohnheit hat, sich sofort zu entschuldigen – es tut mir leid, Baby, sagt er sogar, wenn es gar keinen Grund dafür gibt –, würden wir nie streiten. In unserer Wohnung in der Bronx wären wir sehr, sehr glücklich. Bis eines Tages, eines Tages irgend etwas anders wäre. Er wäre davon verwirrt: »Ich verstehe es nicht. Erklär es mir. Ich höre zu«, würde er sagen.

Ich würde es nicht erklären können, aber was auch immer es ist, es würde wachsen und wachsen, hart und scharf werden und schließlich wie die Klinge eines Schnappmessers aufspringen.

»Was ist geschehen?« würde er fragen. Auf italienisch: »*Che successo?*«

Doch ich würde ihn nicht verstehen. Nicht wissen, was er fragt. Italienisch ist nicht meine Sprache.

Haare schneiden

»Pferdeschwänze sind out«, informierte mich der Multimediakünstler am Telefon. »Ich lasse meinen abschneiden. Was hältst du davon?«

Da ich die Absicht hatte, die Entscheidung der Kessel-Schwestern zu respektieren und ihn fallenzulassen, wäre es mir auch völlig egal gewesen, wenn er mit einem Hare-Krishna-Schnitt herumgelaufen wäre. »Es ist dein Haar«, sagte ich. »Mach's wie du willst.«

Folglich erwarte ich, ihn ohne Pferdeschwanz vorzufinden, doch als er mir die Tür öffnet, sehe ich die gleiche Frisur wie immer. Der Pferdeschwanz ist unversehrt. »Was ist passiert?« frage ich. »Ich dachte, du wolltest dir die Haare schneiden lassen.«

»Wollte ich auch. Aber mein Friseur ist weg. Vertrieben. Sein Geschäft ist kaputtsaniert worden. Wo früher mein Friseur war, verkauft jetzt irgend so ein Idiot Kristallwaren.« Wann genau das geschehen ist, wann sein Friseur verschwunden ist, kann er nicht sagen, denn seit länger als einem Jahr war er nicht mehr da.

»Bei Kunden wie dir«, sage ich, »ist es kein Wunder, daß der Laden nicht gelaufen ist.« Dann schlage ich ihm vor, sich die Haare anderswo schneiden zu lassen. Dafür gibt es wohl kaum einen Mangel an Möglichkeiten. Doch offenbar hat er etwas gegen Schicki-Micki-Salons. »Ein Friseurgeschäft«, sagt er, »soll einen rot-weiß-gestreiften Pfosten vor der Tür haben wie früher, und drinnen muß es nach Haartonikum duften. Altmodisch.«

»Es muß doch hier in der Nähe noch andere Friseurgeschäfte geben.«

»Ich will aber meinen Friseur.« Der Multimediakünstler ist einem Wutanfall nahe.

Diese Anhänglichkeit gegenüber einem Friseur ist mir nicht fremd. Von der Frau, die mir die Haare schneidet, bin ich in ähnlicher Weise abhängig. Auch zu meinem Gynäkologen und meinem Reisebüro besteht eine solche Bindung.

Doch wie die Dinge stehen, muß der Multimediakünstler sich wohl ein Herz fassen und einen neuen Friseur suchen. Oder aber mit einem Pferdeschwanz leben, der passé ist.

Er schlägt mir eine dritte Möglichkeit vor. Er möchte, daß ich ihm die Haare schneide. Haare schneiden kann ich nicht. Weder habe ich Übung noch Geschick, weder ein natürliches Talent noch den Wunsch, es zu versuchen. »Es würde hinterher unmöglich aussehen«, erkläre ich ihm.

»Nein, bestimmt nicht. Das ist doch keine Kunst.«

»Wenn es keine Kunst ist«, frage ich, »warum machst du es dann nicht selbst?«

Er sagt, er könne bei sich selbst im Rücken nicht exakt schneiden, sonst würde er es tun.

Mir scheint, jemandem das Haar zu schneiden liegt auf der gleichen Ebene, wie jemandem eine Massage oder ein Klistier zu verpassen: Auch dazu müßte man mich überreden. Wir installieren uns im Badezimmer, legen den Boden mit Zeitungen aus und stellen direkt unter die Deckenlampe einen Stuhl. Er zieht das Hemd aus, und ich bestäube ihm Nacken, Rücken und Brust mit Talkumpuder. Als wüßte ich, was ich tue, schüttele ich ein Handtuch auf und binde es ihm um wie ein Lätzchen.

Das harte Licht der Lampe bricht sich im Metall der Schere. Auf dem rostfreien Stahl funkelt ein Stern. Meine Verzückung wird durchbrochen, als der Multimediakünstler sagt: »Laß uns weitermachen, okay?«

Diese Scheren sind nicht für Menschen wie mich gemacht, für Linkshänder. Ungeschickt halte ich sie in der Rechten. Mit der anderen Hand greife ich den Pferdeschwanz, hebe ihn an und halte ihn vom Nacken ab. Wunderschönes Haar. Dick, schwarz und glänzend wie mein eigenes.

Was hier zu tun ist: Zuerst den Pferdeschwanz abhacken, ihn komplett beseitigen. Von da aus kann man dem Haar dann einen Schnitt geben. Ich setze die Schere oben, direkt über dem Gummiband an. Das sollte so leicht sein wie klipp-klapp, schnipp-schnapp. Ist es aber nicht. Wie unter dem Einfluß einer übernatürlichen Kraft halte ich inne.

»Stimmt irgend etwas nicht?« fragt der Multimediakünstler.

»Nein«, lüge ich. »Alles in Ordnung.«

»Dann schneid schon.« Er spricht, als täten wir etwas völlig Harmloses.

Ich schneide. Und schneide weiter. Und weiter, und der vom Gummiband gehaltene Schwanz löst sich ab. Der abgeschnittene Pferdeschwanz ist so schrecklich wie der Pelz eines toten Tieres. Unmöglich kann ich jetzt mit dem Multimediakünstler brechen. Ich muß warten, bis das Haar wieder nachgewachsen ist.

Da ich ihrem Urteil zuwiderhandele, werde ich die Kessel-Schwestern versöhnen müssen, wie man Göttinnen für die Mißachtung ihres Orakels eine Gabe darreicht. Ich stopfe den Pferdeschwanz in meine Tasche. Den bringe ich den Kessel-Schwestern, so wie man Salome den Kopf Johannes des Täufers brachte, als wäre er der Beweis für irgend etwas.

Unter ägäischem Himmel

Als nähmen wir an einer Séance teil, sind fünf Paare – Mann, Frau, Mann, Frau – um den Tisch plaziert. Die Einladung zu dieser Dinnerparty hatten wir vor Wochen erhalten. Damals schien das Annehmen der Einladung nur ein Jux zu sein. Sie lag zu weit in der Zukunft, um darüber wie über ein wirkliches Ereignis nachzudenken.

Zu meiner Linken sitzt ein Psychologe, der meinem Blick ausweicht. Seine Gattin ist ein Berg von einer Frau.

Nachdem ich mein Essen genug zerpflückt habe, um den Eindruck zu vermitteln, ich hätte etwas zu mir genommen, schiebe ich die Roastbeefscheiben ganz an den hinteren Rand des Tellers. Nach einem weiteren ordentlichen Schluck Wein höre ich meinem Mann zu, wie er sich über die Renovierung der Sixtinischen Kapelle mit einer Frau unterhält, die sich statt mit ihrem Namen als ein Kustos des Brooklyn Museums vorgestellt hat. Mein Mann und diese Kustos-Mieze tauschen Informationen aus fremder Quelle aus, reden darüber, was verschiedene Kunsthistoriker von diesem Projekt halten.

Dieses Reden über Gedanken, die nicht die eigenen sind, gehört einfach zu dem hohlen Gelaber auf Dinnerpartys. Ich weiß das, auch wenn ich mich nicht darauf verstehe. Mir fehlt die gesellschaftliche Gewandtheit. Leeres Geschwätz verwirrt mich. Selbst wenn mich nur beim Einkaufen die Frau an der Kasse fragt, wie es mir geht, gerate ich in Panik. Erwartet sie die Wahrheit von mir? Soll ich »miserabel« sagen? Verloren? Verwirrt? Soll ich ihr die gleiche Frage stellen?

Auf der anderen Seite des Tisches berichtet eine Frau mit einem marmorierten Brillengestell der Frau des Therapeuten von dem mühseligen Prozeß, für ihr intellektuell begabtes Kind die richtige Vorschule auszuwählen.

»Und wie alt ist die kleine Honore jetzt?«
Honore?
»Fünf«, antwortet die Mutter. »Fünf Monate.«
»Entschuldigung«, mische ich mich ein, »woher wissen Sie mit fünf Monaten schon, daß sie intellektuell begabt ist? Was tut sie?« Es interessiert mich wirklich, aber außer einem verkniffenen Lächeln bekomme ich von keiner der beiden Frauen eine Antwort.

Ich trinke mehr Wein und fühle mich ziemlich genau wie damals, als ich in meinem ersten Collegejahr zu Thanksgiving einen meiner damaligen Freunde zu Hause besuchte. Der Junge hatte eine milchfarbene Haut und keine Körperbehaarung. Ich wollte den Feiertag gar nicht bei ihm verbringen, aber er drängelte sehr und behauptete, seine Mutter wolle mich unbedingt kennenlernen.

Die Vorstellung, wie er und seine Mutter ganz allein am Küchentisch saßen und Truthahn mit Dosenpreiselbeeren aßen, machte mich so traurig, daß ich bereit war mitzukommen.

Das Dinner wurde nicht in der Küche serviert, sondern im Eßzimmer, und am Tisch nahmen er, seine Mutter, ich und die Nachbarin mit ihrem Kind Platz. Die Mutter meines Freundes blickte über den Tisch und sagte: »Ist das nicht schön? Ein traditionelles Thanksgiving. Genau wie bei unseren Vorfahren. Truthahn mit allen Beilagen«, sie zeigte auf eine von großen Marshmallows gekrönte Platte mit Jamswurzeln. »Wir haben Familie hier«, sie strich ihrem Sohn über den Kopf, »und Freunde.« Die Nachbarin und das Balg ernteten ein Nicken. »Und«, sie besah mich mit fischkaltem Blick, »in unserer Mitte eine Fremde.«

Aus ihrer Verpflichtung zur christlichen Güte heraus gab sie mir etwas zu essen, so wie man eine streunende Katze füttert.

Weil unsere Gastgeberin eine perfekte Gastgeberin sein möchte, und es schlechtes Benehmen wäre, mich zu lange nicht zu beachten, stellt sie mir eine Frage. »Sind Sie nicht auch der Meinung, daß das Fernsehen schuld daran ist, wenn die Kinder heutzutage nicht mehr lesen?«

Ja oder *Nein* würden es schon tun. Beides wären absolut angemessene Antworten. Doch als hätte ich seit Wochen kein Wort gesprochen, als hätte ich in Einzelhaft gesessen, sammeln sich Worte in mir, steigen empor, drängen sich immer mehr und brechen schließlich in einem Schwall ohne Punkt und Komma hervor. »Sie können nicht dem Fernsehen die Schuld geben weil es immer schon alternative Formen der Unterhaltung gegeben hat vor dem Fernsehen gab es das Radio und selbst im Römischen Reich hatten die Leute die Wahl Ovid zu lesen oder zuzusehen wie Christen den Löwen zum Fraß vorgeworfen wurden und das unterschied sich nicht im geringsten vom Fernsehen und außerdem lese ich lieber obwohl ich in meiner Kindheit ständig vor ›Howdy Doody‹, ›Petticoat Junction‹, ›Leave it to Beaver‹ und ›The Beverly Hillbillies‹ gesessen habe. Diese Beverly Hillbillies fand ich phantastisch.«

Zur Illustration meiner ehrlichen Begeisterung für ›The Beverly Hillbillies‹ gebe ich eine kurze Einlage als Ellie Mae: Papa, wenn ich en fang', kann ich dann mid em ringe?

Nicht ein Mensch an diesem Tisch gibt offen zu, ›The Beverly Hillbillies‹ gesehen zu haben.

»Wollen wir vielleicht ins Wohnzimmer umziehen

und unseren Kaffee und Brandy dort trinken?« fragt die Gastgeberin.

Auf der Couch kommt es über mich wie ein Beginn von Kopfschmerzen. Das dumpfe Pochen eines Gummihammers, der in meiner Brust herumpoltert.

Der Schmerz ist fern und verschwommen, doch ich möchte ihn auslöschen, und so gieße ich mir Brandy nach.

Der dritte Brandy schließlich überdeckt den Schmerz nicht nur, sondern gibt mir das Gefühl dazuzugehören, als würde ich mich mit ein paar wirklich netten Leuten, guten Freunden, phantastisch amüsieren. Ich fühle mich, als wäre dies der richtige Ort für mich.

Die Frau des Therapeuten spricht über die Reitstunden ihrer Tochter. »Sie ist von diesem Pferd restlos begeistert. Sie hat nur noch Reiten im Kopf.«

»Mädchen fühlen sich in einem Maße zu Pferden hingezogen, wie dies bei den Jungen in der Regel nicht der Fall ist«, steuert der Psychologe den professionellen Aspekt bei.

»Ja, das habe ich auch bemerkt.« Die Mutter des intellektuell begabten Babys fragt: »Was könnte Ihrer Meinung nach der Grund dafür sein?«

Und ich erzähle ihr, und ebenso allen anderen, was der Grund dafür ist: Auf einer kleinen griechischen Insel in der Nähe von Paros liegt ein Berg, der ein Labyrinth von Höhlen umschließt, wo, der Legende zufolge, Priester aus der ganzen Welt für zwei Wochen zusammenkamen, nach außen hin zum Gebet, in Wirklichkeit aber, um Wein aus Ziegenlederschläuchen zu trinken und die Sau rauszulassen, ordentlich einen draufzumachen.

Die einzige Möglichkeit, den Berg hinauf und zum Eingang der Höhlen zu kommen, ist der Ritt auf einem Esel. Nur Esel sind auf diesen steilen, felsigen Pfaden ausreichend trittsicher. Gruppen von Touristen auf

Eseln den Berg hinaufzugeleiten ist auf der Insel ein blühendes Geschäft.

Der Ausflug begann im Morgengrauen. Es war kein weiter Weg, aber wir mußten dort sein, bevor die Sonne hoch am griechischen Himmel stand und die Quecksilbersäule im Thermometer nach oben schoß und zum Anfassen zu heiß wurde. Ein Dutzend Leute waren am Fuße des Berges versammelt und warteten auf die Esel und den Führer. Unter uns war auch das englische Paar. Ich kannte die beiden nicht. Das heißt, wir waren uns nie vorgestellt worden, aber ich hatte sie am Strand bei einem heftigen Streit beobachtet. Sie war fest entschlossen gewesen, das Oberteil ihres Bikinis abzulegen und sich oben ohne zu sonnen. Die Vorstellung, seine Gattin könne sich in aller Öffentlichkeit mit bloßen Brüsten zeigen, war für ihn einfach zuviel gewesen. Schockierend. Ganz entschieden ein Skandal. Er wollte es verbieten. »Es ist ungehörig«, sagte er.

Nun, sie gab einen Scheiß darauf, zerrte das Oberteil herunter und wedelte wie mit einem roten Tuch damit vor ihm herum.

Er kehrte ihr den Rücken und schritt dramatisch ins Meer hinein. Halb hatte ich erwartet, er werde nicht zurückkehren, verschwunden bleiben und sich ertränken.

Ein Esel ist bei weitem kein so feines Tier wie ein Araberhengst, ein Tennessee-Walking-Horse oder eine alte Fuchsstute. Es gab jedoch genug Ähnlichkeiten, um mir Vertrauen in mein Reittier einzuflößen. Daher bestieg ich den Esel in einer einzigen gleitenden Bewegung und ritt schon den Berg hinan, während der Führer noch damit zu tun hatte, den anderen auf ihre Esel zu helfen.

Ein Eselsrücken ist knochig und höckrig, jeder Wirbel steht hervor. Zwischen den Beinen drückten mich harte Knochen. Als wir, mein Esel und ich, uns schließlich ernsthaft an den Aufstieg machten, war ich mir des Drucks ausgesprochen bewußt. Ich befand mich kurz vor einem Orgasmus. Was ich davon halten sollte, war mir nicht ganz klar. Einerseits – warum nicht, zum Teufel? Und hatte ich überhaupt die Macht, das nötige Rüstzeug, um es aufzuhalten, wenn es einmal in Gang gekommen war? Andererseits – stand ich in gewisser Weise kurz davor, sexuell mit einem Esel zu verkehren.

Der Berg ragte immer höher vor mir auf. Die Sonne brannte auf meine bloßen Schultern nieder, und unter dem ägäischen Himmel verkehrte ich sexuell mit einem Esel. Ich erschauerte, erglühte rot und drehte mich dann um, um zu sehen, ob die anderen, insbesondere dieser prüde Engländer, etwas gemerkt hatten. Und was sah ich da? Alle ritten im Damensitz. Außer mir saß keiner mit gespreizten Beinen auf dem Rücken des Esels.

An diesem Punkt hätte ich der Sache ein Ende setzen und mein linkes Bein auf die rechte Seite schwingen können, doch statt dessen hatte ich vor dem Gipfel und dem Eintritt in die Kühle der Höhlen noch zwei weitere Orgasmen.

»Will noch jemand Kaffee?« die Gastgeberin klingt und sieht aus wie ein Chihuahua, zitternd und kurz vor dem Nervenzusammenbruch. »Kann ich noch jemandem eine Tasse Kaffee bringen?«

Ein wenig unsicher stehe ich auf und gehe ins Badezimmer. Am liebsten würde ich mich erbrechen, aber nicht im Magen ist mir übel. Es ist diese andere Übelkeit, der Schmerz, der nagende Hunger; plötzlich ist er aufgebrochen und schreit danach, daß ich die Leere fülle. Mit einem Ehemann, einer Handvoll Poussagen und drei Freundinnen sollte ich doch eigentlich voll sein. Ich weiß nicht, wo es da noch eine Lücke gibt. Und so setze ich mich auf den Badewannenrand und umarme mich selbst, umschlinge mich, presse heftig, als wäre dieses Gefühl eine Luftblase, die ich so hinausdrücken könnte, wie man Wasser aus der Lunge eines vor dem Ertrinken Geretteten preßt.

Nachrichten auf dem Anrufbeantworter

An meinem Anrufbeantworter blinkt eine 1, eine Nachricht für mich. Sie stammt vom Multimediakünstler. Die Nachricht lautet: Ab morgen früh bin ich für fünf Tage verreist. Ruf mich heute abend an, wenn du kannst. Andernfalls melde ich mich nach meiner Rückkehr.

Warum, frage ich mich, macht er sich die Mühe, mir das mitzuteilen? Würde es mir überhaupt auffallen, wenn ich ihn fünf Tage lang nicht sähe und nichts von ihm hörte?

Ich rufe ihn zurück, und obwohl wir nur am Telefon sind, kann ich ihn deutlich an seinem Arbeitstisch vor mir sehen – ein weißer Zeichentisch, reinlich und wie neu. Die Kunststoffbeschichtung ist weder durch Ringe von Kaffeetassen noch durch Brandflecken von Zigaretten verunstaltet. Kein Staub. Keine Unordnung. Links vom Computer liegt aufgeschlagen der Terminkalender. Die Seiten sind in seiner kleinen Schrift dicht mit Terminen für Galerieeröffnungen und Parties vollgeschrieben.

»Und wohin fährst du?« Ich frage der Form halber. Es wird von mir erwartet.

»Washington«, sagt er und erläutert, »D. C.«

»Schön für dich.« Wieder reine Form.

»Kaum. Wer«, fragt er rhetorisch, »geht schon zum Vergnügen nach Washington? Wozu? Sich Denkmäler anschauen? Das Smithsonian besuchen? Tote Kunst beglotzen? Kunst«, erklärt er nachdrücklich, »muß aus dem Hier stammen, dem Jetzt, als ein lebendiger, atmender Organismus genau diesem Moment angehören.«

»Kann sie nicht lange Zeit überdauern?« frage ich. »Über Jahrhunderte hinweg als Inspiration wirken?«

»Inspiration?« fragt er auf eine Weise, die mir klarmachen soll, daß die Kunst nichts dergleichen bewirkt.

Ich lasse das Thema fallen, um uns nicht beide in eine peinliche Situation zu bringen.

Er fährt nach Washington, erzählt er mir, um eine seiner Arbeiten für eine Ausstellung in einer Galerie in Georgetown aufzubauen. »Und es scheint, daß ich bis zur Eröffnung vor Ort bleiben soll«, sagt er, als wäre es ihm eine Last.

Die auf der Ausstellung gezeigte Arbeit heißt ›Genozid in fünf Tagen‹. Jedes Gemälde, das von den anderen nicht zu unterscheiden ist, da sie alle wie hingeklatscht wirken, zeigt in der unteren rechten Ecke eine Trickzeichnung von Wile E. Coyote auf der Jagd nach dem Roadrunner. Als der Multimediakünstler mir die Bilder vorstellte, empfahl er mir, sie zunächst einmal schnell zu überfliegen, um die Trickzeichnungen in Bewegung zu sehen. In Verbindung damit läuft eine Light-Show ab, und eine Tonbandaufnahme von Trommelsolos vor dem Hintergrund von Explosionen, kreischenden Reifen und dem Lärm von Preßlufthämmern beim Aufreißen eines Bürgersteigs. Die Gemälde tragen die Titel: ›Rom vernichtet Karthago‹, ›Die Spanier erledigen die Azteken‹, ›Die Vergewaltigung Bosniens‹, ›Adios Regenwald‹, ›AIDS: Amerikanische Imperialisten Destruieren Sex‹.

»Und was ist mit den Nazis?« fragte ich.

»Bitte«, sagte er, »das Thema ist schon bis zur Vergasung behandelt worden. Es gibt keinen, der es nicht satt hat.«

In den Zeiten, in denen wir nicht fleischlich beieinander sind, denke ich kaum an den Multimediakünstler. Jetzt, wo er in Washington D. C. ist, kann ich nicht behaupten, daß er mir fehlt oder ich mich nach ihm sehne und die Tage bis zu seiner Rückkehr zähle. Es ist daher nichts als ein komischer Zufall, daß ich mich bei einem Spaziergang plötzlich in seiner Wohngegend wiederfinde, an seinem Block und dem Haus, wo er wohnt, vorbeigehe. Dies ist jedoch nicht die Art Zufall, die ich schätze, und so biege ich eilig um die Ecke auf den West Broadway ein, wo ich auf die Idee komme, einzukaufen, mir etwas Schönes zu leisten, etwas zum Haben und Halten. Aus dem plötzlichen Einfall wird schnell Entschlossenheit. Mit einem einzigen Blick nehme ich Schaufensterauslagen in mich auf, als ginge es um einen Wettbewerb im Schnellesen.

Goldene Schuhe mit sich überkreuzenden Goldbändern, die um die Knöchel geschlungen werden. Es sind Rokoko-Schuhe, die ich mir an den Füßen der Musen vorstellen kann, der Grazien und der Kessel-Schwestern. Ich zeige sie dem Verkäufer und frage, ob er sie vielleicht auch in Größe 38 schmal hat.

Noch hoffe ich gleichzeitig sowohl, daß er sie am Lager hat, als auch, daß nicht, da kommt er schon mit einer weißen Schachtel unter dem Arm zurück.

Die goldenen Schuhe passen, wie nur goldene Schuhe passen können – perfekt. Es fühlt sich an, als wäre ich barfuß.

Während der Verkäufer und ich noch auf die Bestätigung meiner American-Express-Karte warten, sagt er: »Es sind tolle Schuhe.«

»O ja«, pflichte ich ihm begeistert bei und setze hinzu: »Ich werde sie niemals tragen.«

»Aber sicher werden Sie sie tragen.« Er zählt Gelegenheiten auf, die sich für goldene Schuhe anbieten: Partys, eine Tour durch die Clubs oder kulturelle Ereignisse. »Mit einem schwarzen Kleid und diesen Schuhen brauchen Sie nicht einmal Schmuck. Sie könnten sie sogar nur zum Spaß zu Jeans tragen.«

»Ja, das könnte ich schon. Aber ich tue es nicht. Ich

werde sie niemals tragen. Es ist okay«, versichere ich ihm, »ich will sie haben. Ich kaufe sie. Nur weiß ich einfach, daß ich sie niemals anziehen werde.«

»Bitte hier noch unterschreiben.« Er schiebt mir den Beleg zu.

Zu Hause lege ich die goldenen Schuhe unausgepackt samt Schachtel und Einkaufstüte wie ein Paar Puppen in einem Nestchen in den Flurschrank. Dann setze ich Kaffeewasser auf und schaue nach meinem Anrufbeantworter.

Der erste Anruf ist von der jüngsten Kessel-Schwester: Mir ist entsäääätzlich langweilig. Bist du zu Hause? Ich bin bei der Arbeit und tue absolut nichts. Ruf mich an, dann können wir quatschen.

Die zweite Nachricht ist vom Multimediakünstler: Hallo. Ich bin's. Ich bin gut angekommen. Gerade habe ich die Installation fertig aufgebaut. Es sieht sehr gut aus, klingt, wie es soll. Sie wird einiges an Aufsehen erregen. Also, ich... äh... wollte dir guten Tag sagen. Ich war... äh... du fehlst mir.

Ich gehe zum Anfang des Bandes zurück und lasse es nochmals laufen, wobei ich die Kessel-Schwester schneller abspule, so daß sie wie ein Backenhörnchen klingt. Und dann lausche ich mit gespitzten Ohren dem Multimediakünstler: Ich war... äh... du fehlst mir... äh... du fehlst mir... fehlst mir.

Ich nehme die Einkaufstüte aus dem Schuhschrank und hole die Schachtel heraus, ziehe die goldenen Schuhe an. Zu dieser Melodie sollte man mit goldenen Schuhen tanzen: ...Äh... du fehlst mir.

Das Innere des Knochens

Der sehr alte Mann sitzt in seinem Gartenstuhl auf dem Treppenabsatz des zweiten Stocks. Er ist gut angezogen – marineblauer Anzug, breites Revers und eine elegante Seidenkrawatte –, als wolle er ausgehen. »Hallo.« Er nickt mir zu, als ich vorbeigehe.

Lächelnd erwidere ich seinen Gruß, steige weiter hoch und streichle unterwegs Marvin, den gelben Hund, der gerade nach draußen geführt wird. Es ist, als wären die Nachbarn des Killers die meinen, nur daß ich meine eigenen Nachbarn kaum je grüße. Mir ist es lieber, wenn sie Fremde bleiben.

Der Killer öffnet mir die Tür. Küsse und Gerüche aus der Küche dringen überfallartig auf mich ein. Ich mache mich von ihm frei und frage: »Was ist das für ein Gestank?«

»Gestank?« Das kränkt ihn. »Ich habe uns etwas ganz Spezielles gemacht, eine Delikatesse zum Abendessen. Für das Rezept mußte ich im alten Land anrufen.« Mit dem *alten Land* meint er Brooklyn.

Er legt eine Oper auf und schenkt jedem von uns ein Glas Rotwein ein. »*Salute*«, er hebt sein Glas. Daß er etwas im Sinn hat, erkenne ich an seiner galanten Art, daran, wie er die Schultern bewegt, während er die richtigen Worte sucht. »Schau«, sagt er, »hör mich bitte zu Ende an. Ich versuche, eine Möglichkeit für uns zu finden, weißt du, eine Möglichkeit für eine Zukunft. Ich denke, vielleicht sollte ich mit deinem Mann sprechen.«

Sprechen könnte hier anders definiert sein, weiter, mit einer härteren Bedeutung, gespickt mit Unausgesprochenem. Fast hätte ich herausgelacht, als wäre dies eine Filmszene, als schaute ich einen Martin-Scorsese-Film an. Doch das Lachen bleibt mir im Halse stecken, als mir klar wird: Ich schaue keinen Film an.

»Nein«, sage ich. »Nein. Du sprichst nicht mit meinem Mann. Nicht, wenn du mich jemals wiedersehen möchtest.« Eine Drohung, die er versteht.

Als wäre er in seiner Ein-Zimmer-Wohnung eingesperrt, geht er hin und her, macht kehrt, wenn er zur Wand kommt. Seine Anspannung ist unverkennbar. »Was soll ich dann tun? Immer auf dich warten? So, wie ich auf dich warte, bin ich scheißelend dran. Aus Angst, du könntest vorbeischauen, wenn ich gerade nicht da bin, gehe ich kaum noch aus dem Haus. Ich hocke hier wie ein Tier im Käfig, verdammt noch mal.«

»Das ist dein Problem.« Ich zünde mir eine Zigarette an. Meine Hände zittern leicht. Außerdem empfinde ich ein Prickeln. Alles scheint möglich.

Der Küchenwecker klingelt, der Summton kündigt das Ende seiner Umdrehung an. »Hier«, der Killer zieht einen Stuhl an den Tisch. »Setz dich hin. Entspann dich. Wir wollen in Ruhe zusammen essen. Wir wollen essen und uns unterhalten wie zwei scheißzivilisierte Menschen, okay?«

Er geht weg, um in der Küche zu erledigen, was ansteht, und um seine Fassung wiederzugewinnen, die Spannung und Mißstimmung loszuwerden. Diese Fähigkeit hat er, er kann unangenehme Dinge beiseite schieben, weglegen, hinter sich lassen und gelassen und fröhlich zu mir zurückkommen.

Sein Gesicht ist rosa angelaufen. Er strahlt, als hätte er das Essen, das er vor mich hinsetzt, aus seinem Leib geboren.

Eines spricht zugunsten des Killers: Er leckt mich, wenn ich meine Regel habe. Viele Männer tun das nicht. Doch der Killer zögert nie. Wie ein Champion taucht er nach unten, schlabbert, schlürft, vertropft

Blut auf Bettlaken, Kissen und die Wand, bis sein Bett wie ein Schlachtfeld aussieht – Bunker Hill, Stony Point – als hätte ein Gemetzel stattgefunden. Trotzdem erinnert sein Bett niemals so sehr an ein Gemetzel wie das, was hier auf diesem Teller liegt.

Ein Massaker. Verwesendes Fleisch löst sich in Fetzen von einem zerklüfteten Knochen; es ist die Art von Szene, die selbst dann unvergeßlich bleibt, wenn man bei der Mordkommission arbeitet. Ich zucke zusammen, weiche zurück und frage: »Was, zum Teufel, ist das?«

»Ossobuco«, erklärt er.

»Auf englisch.« Ich möchte es auf englisch hören, einer Sprache, die ich verstehe. Nicht in Nuancen und versteckt hinter schönen Klängen und Modulationen.

»Gebackene Markknochen«, sagt er.

Welcher Teufel hat ihn geritten, daß er mir gebakkene Markknochen anbietet? Ich esse kein Fleisch, Fleisch von Tieren, die ihre Jungen säugen und Augen haben zu sehen.

»Vergiß das Fleisch«, belehrt er mich. »Das Beste daran ist das Mark. Saftig. Das Mark ist die Delikatesse. Komm, probier mal das Mark.« Auffordernd stupst er mich am Oberarm, doch mir scheint es, als fühle er nach, ob ich schon genug Fleisch angesetzt habe, um einen zarten Leckerbissen abzugeben.

Selbst wenn ich Fleischesserin wäre, würde ich doch nie das Knochenmark essen, genausowenig wie Eingeweide, Hirn, Zunge, das Herz oder die Nieren. Manche Nahrung ist teuflisch, infernalisch, pervers.

»Warum probierst du es nicht wenigstens?« fragt er.

»Ich habe den ganzen Tag mit Kochen zugebracht.«

»Und wenn es dein Lebenswerk wäre, ich mag es nicht.« Ich will, daß er es wegnimmt, mir aus den Augen.

Mit der Gabelspitze spießt er ein Krümelchen auf. »Komm schon.« Der Killer nähert die Masse meinem Mund. »Einen Bissen nur«, drängt er. »Ein *piccolino*.«

Ein bißchen Knochenmark essen gibt es nicht. Wenn es um das Knocheninnere geht, spielt Quantität keine Rolle mehr.

»Hey, ich bitte dich ja nur, daß du es versuchst, mehr nicht«, sagt er.

»Und ich bitte dich ja nur«, kontere ich, »daß du mich in Ruhe läßt und diesen Teller wegnimmst, mehr nicht.«

»Das ist nicht besonders nett von dir. Sei nicht unfair. Ich habe das extra für dich zubereitet, und jetzt bin ich ein wenig empfindlich.«

Ich lehne mich auf dem Stuhl zurück und lege die Stereoanlage mitten in einer Arie lahm. Mit leiser Stimme, fast flüsternd, sage ich: »Ich habe alles Italienische so satt. Nudelgerichte habe ich satt. Anislikörtoast habe ich satt. Und Espresso auch. Dieses dein Erbe frißt die Menschen auf, verschluckt sie als Ganzes.« Mit lauterer, schärferer Stimme frage ich: »Weißt du, was ich will? Ich will ein Scheiß-Käsesandwich. Überbackener Käse auf amerikanischem Weißbrot. Ich will Scheiß-Instantkaffee. Sanka coffeinfrei. Tee. Und zum Nachtisch ein Yankee Doodle.«

»Ein Yankee was?«

»Nimm mir diese Horror-Show aus den Augen.« Eine solche Wut steht in keinem Verhältnis zur Situation, aber auch dieses Wissen kann mich nicht stoppen. Ich nehme den Teller mit Ossobuco und schleudere ihn gegen die Wand. Der Teller, der Teller seiner Mutter, zerbricht in Stücke. Fleisch, Blut, Mark und Knochen spritzen herum.

Ungläubig schaut der Killer zu. Einen Moment lang bleibt er sprachlos. Dann sagt er: »Du Fotze.«

»Fotze?« Ich packe das Wort. »Fotze.« Ich blase es

auf, gebe mich in einem Maße beleidigt, wie ich es gar nicht bin. »Fotze.« Ich nehme meinen Mantel. Die ganze Zeit hatte ich nach einem Vorwand gesucht wegzugehen, der mich erstickenden Atmosphäre zu entrinnen, und jetzt hat er mir einen geliefert. »Fotze. Niemand nennt mich Fotze.«

»Jetzt wart doch einen Moment«, er stellt sich vor die Tür, versperrt mir den Ausgang. »Laß uns die Sache vergessen. Das Ossobuco vergessen. Das ist nicht wichtig. Ich koche uns ein paar Nudeln.«

Aber das Ossobuco ist wichtig. Er hat den Tag damit verbracht, in einem Topf mit Knochen zu rühren, sich einen Plan ersonnen, wie er mich mit dieser überwältigenden Süße bekannt machen, wie er mich dazu verführen kann, etwas zu kosten, eine Erfahrung zu machen, die ich nicht machen darf. Das entspricht seinem Verlangen, auch an mir zu picken, zu saugen und zu essen, tief im Innern meiner Knochen. »Geh mir aus dem Weg.« Ich trete gegen die Tür. Er springt zur Seite, und ich eile die Treppe hinunter.

Großmutter im Wolfspelz

Ich habe gelogen. Ich will gar kein überbackenes Käsesandwich auf amerikanischem Weißbrot zum Abendessen. Kalt und hungrig stehe ich auf der Straße und hätte gern etwas Warmes im Bauch, etwas, das mich aufwärmt, will etwas zwischen den Rippen, das eine Weile vorhält.

Aus der Telefonzelle an der Ecke rufe ich den Multimediakünstler an, falls er unerwarteterweise schon früher aus Washington zurück sein sollte. Ist er aber nicht. Sein Anrufbeantworter informiert mich, daß er Dienstag wieder da ist. Eine Nachricht hinterlasse ich nicht, und mit meinem letzten 25-Cent-Stück rufe ich die Kessel-Schwestern an. »Wir sind im Moment nicht zu Hause«, sagt ihr Anrufbeantworter, »aber wenn Sie Ihren Namen und…«

Jetzt habe ich kein Kleingeld mehr, um den Mann meines Lebens anzurufen und ihn zu bitten, mit mir essen zu gehen, aber das ist in Ordnung so, er würde ohnehin nein sagen. Er tut niemals etwas aus einem Impuls heraus. Seine Wege sind vorausgeplant, als läge vor ihm ausgebreitet eine Landkarte seines Schicksals.

Schließlich mache ich etwas anderes: Ich gehe Richtung Osten, quer durch die Stadt zur Second Avenue, zum »B & H Dairy Deli«, um dort Nudelpudding, Plinsen oder Kartoffel-Latkes zu bestellen.

Aufgrund der nächtlichen Kälte und des Gänsehautfaktors in Verbindung mit der fortgeschrittenen Assimilation und der Tatsache, daß das Viertel als Wohnort bei der Mittelklasse populär geworden ist und sich verändert hat, ist das B & H bis auf einen einzigen weiteren Gast völlig leer. Der Gast ist eine ältere Frau, und sie sitzt so eingemummelt an der Theke, als wäre sie gerade eben mit einem Schiff aus Lettland angekommen. Ein Wollschal, der unter dem Kinn zusammengebunden ist, bedeckt ihren Kopf. Sie trägt einen schweren, braunen Mantel und an den sehr kleinen Füßen pelzbesetzte Stiefel. Sie ist untersetzt, rundlich, hat Lippenstift auf den Zähnen und sieht mich auf eine Weise an, die weder freundlich noch mißtrauisch ist. Eher scheint sie ein Urteil im Moment noch aufzuschieben.

Mit zwei freien Stühlen zwischen uns setze ich mich rechts von ihr hin und lächle sie an. »Kalt draußen«, sage ich.

»Ihr jungen Frauen«, antwortet sie, »in einer solchen Nacht so ein kurzes Röckchen zu tragen. Ihr friert euch noch euren *tuchi* ab. Was habt ihr nur mit dem Verstand gemacht, den Gott euch gegeben hat?«

Lieber gehe ich nicht darauf ein, daß ich nicht vorhatte, heute abend in einem zugigen Dairy-Deli zu essen, daß ich es eigentlich jetzt in der Wohnung meines italienischen Geliebten, wo selbst mein kurzer Rock noch zu viel wäre, kuschelig warm haben sollte. Statt dessen sage ich: »Sie haben wirklich recht. Ich weiß auch nicht, was ich mir dabei gedacht habe.«

»Na ja«, lenkt sie ein, »*kejn ajnóre*, Sie haben die Beine dafür. Wenn ich da andere mit diesen kurzen Röckchen sehe...« Sie legt die Hand an die Wange und verdreht die Augen zum Himmel. »Ich zum Beispiel«, sagt sie. »Könnten Sie sich vorstellen, wie ich in einem solchen Röckchen aussähe, das nicht größer ist als ein Pflästerchen?«

Ich brauche ihr nicht zu schmeicheln, das wäre unter ihrer Würde. Ich werde nicht herablassend, so wie man nur zu kleinen Kindern spricht, sagen: »Oh, das könnten Sie ohne weiteres tragen.« Also antworte ich: »Sie sind besser dran. Glauben Sie mir. Es ist kalt.«

Plötzlich, als wäre etwas geschehen, das mir entgangen ist, wendet sie sich ab. »Hallo, wo ist denn die Bedienung? Huuhu«, ruft sie. »Ich würd' gern bestellen.«

Hinter der Küchentür kommt die Thekenbedienung hervorgeschlurft. »Ich mecht Kasche Varnischke«, schreit sie ihn an. »Und Tee.«

Hört er vielleicht schlecht, frage ich mich, und als er vor mir stehenbleibt, wird meine Stimme lauter, und ich artikuliere übertrieben deutlich. »Ich weiß noch nicht, was ich will, aber erst hätte ich gern einen Tee, dann überlege ich.«

»Die Kasche Varnischke hier sind gar nicht so schlecht«, erklärt mir meine Nachbarin im Vertrauen.

Unser Tee kommt in nicht besonders sauberen Gläsern, auf der Untertasse liegt Würfelzucker. Mit beiden Händen umfasse ich mein Glas, und allmählich weicht die Taubheit aus den Fingern. Die Frau hat fachmännisch den Würfelzucker zwischen die Schneidezähne geklemmt, als sie den Tee trinkt.

Wie gerne würde ich die zwei Stühle weiter rücken, ihr die Arme um die dicken Hüften schlingen, den Kopf an ihre Brust legen, und dann würde sie mir über die Stirn streichen und sagen: »Was ist denn, mein *bubbele,* erzähl's mir.« Ich möchte, daß sie mich mit zu sich nach Hause nimmt, in ihre Wohnung in der Second Avenue, und dort würde sie auf einem Gasherd *Zimmes* für mich kochen, gedünstetes Obst – Aprikosen, Trauben, Pflaumen –, und mir Geschichten aus ihrer Kindheit in der Ukraine oder in Lodz erzählen. Ich möchte, daß sie die Großmutter für mich ist, die ich niemals hatte.

Nicht, daß ich niemals eine Großmutter gehabt hätte. Ich hatte sogar zwei, aber auch als sie noch am Leben waren, waren sie nicht die Art Großmutter, wie diese hier es wäre. Meine wirklichen Großmütter wären eher nach Kalkutta gezogen als an die Lower East Side. Nie haben sie Schabbeskerzen angezündet, keinen Schal um den Kopf geschlungen, ihre Einkaufstaschen nicht *geschlebbt,* nicht Jiddisch gesprochen.

Großmutter Paulette, die Mutter meines Vaters, zog es vor, auf Förmlichkeiten zu verzichten. »Nenn mich Paulette, Liebling.« Paulette war eine auffällige Erscheinung. Am liebsten trug sie Hosenanzüge aus Goldlamé, und ihr Haar – honigblond – war zu einer reich verzierten Krone auf dem Kopf aufgetürmt. Sie rauchte gerne, tanzte auf Bällen und spielte Mah-Jongg. Zum Essen ging sie aus.

Meine andere Großmutter lebte an der East Side, aber der Upper East Side. Wenn ich sie besuchte, bot sie mir immer eins von beiden an: eine halbe Grapefruit oder eine Vanillewaffel. Sie kaufte bei »Altmann« ein, aß eine Kleinigkeit bei »Schraft«, spielte Klaviersonaten und wurde nie laut. Sie war so sehr Amerikanerin in der dritten Generation, daß sie ebensogut hätte Quäkerin sein können.

Die Bedienung kommt aus der Küche, nur um zu schauen, doch ich nehme die Gelegenheit zum Bestellen wahr. »Ich esse auch Kasche Varnischke.« Dieses Gericht habe ich nie zuvor versucht, auch nicht zu Gesicht bekommen. Doch ich vertraue meiner neuen Großmutter, lege Wert auf ihre Meinung.

»Gar nicht schlecht ist das«, stimmt sie mir bei.

Ihre Kasche Varnischke werden gebracht, und ich werfe heimlich einen Blick darauf, um zu sehen, was ich bekommen werde. Schleifenförmige Nudeln mit gezacktem Rand, vermischt mit Weizenkeimen oder Maypo. Vom Teller steigt eine feine Dampfspirale auf. Ein Geruch streift mich.

Der Duft wird von einem kalten Luftzug vertrieben. Beide drehen wir uns zur Tür um. Ein Mann und eine Frau, ein Paar, treten ein. Der Mann hat einen Hut aus falschem Pelz auf dem Kopf. Die Frau sieht meiner neuen Großmutter hier sehr ähnlich, nur ist sie dünn.

»Sarah.«

»Eppie«, antwortet die neu Hinzugekommene.

Offensichtlich sind sie miteinander bekannt. Ob sie auch Zuneigung und Freundschaft füreinander empfinden, kann ich nicht festmachen. Auf jeden Fall aber nehmen Sarah und der Mann die beiden Plätze links von Eppie ein, ohne eine Lücke zu lassen.

»Und«, Eppie nickt in Richtung des Mannes, ohne ihm aber zuzunicken, »wer ist das?«

»Mein Mann«, sagt Sarah.

»Dein Mann? Ich dachte, dein Mann, Gott hab ihn selig, sei tot?«

»Er ist nicht tot. Hier ist er.«

»Nein, ich hätte schwören können, dein Mann sei vor Jahren verstorben.« Großmutter Eppie ist durch gegenteilige Beweise nicht aus der Fassung zu bringen.

»Er lebt.« Sarah wendet sich ihrem Mann zu und fragt: »Atmest du?« Ihr Mann antwortet nicht, Sarah ist aber dennoch befriedigt. »Er ist nicht tot.«

»Ich hätte schwören können, dein Mann sei tot.«

Obwohl ich die Hand vor den Mund lege, kann ich das Kichern nicht zurückhalten. Es bricht aus mir heraus, sprudelt zwischen meinen Fingern hervor, und Eppie, Sarah und ihr Mann beugen sich vor. Aufmerksam schauen sie mich an. Die Gesichter sind ausdruckslos. »Und wer ist das?« fragt Sarah.

Außer ein paar Worten, die ich auf dem Plankenweg am Strand von Brighton oder entlang der Orchard Street aufgelesen habe, kann ich kein Jiddisch. Aber ich verstehe: »*schikse... dresske... pupek... jentzer.*«

Eppie erklärt ihrer Nachbarin, ich sei keine Jüdin, sondern einfach irgend so eine Herumtreiberin mit einem Rock, der nicht über den Bauchnabel reicht.

Der Thekenwirt schiebt mir das Essen hin, als wäre ich in seinen Augen unrein. Ich beuge mich über meinen Teller, will allein sein, mich auf mein Essen konzentrieren. Gutes Essen, von dem ich satt werde.

Ich stecke eine Gabel voll Kasche Varnischke in den Mund, doch bin ich nicht auf den sauren Geschmack gefaßt, ein Geschmack wie von etwas Verdorbenem, wie von Essen, das mir nicht bekommen ist und aufstößt. Das, was ich im Mund habe, spucke ich in meine Serviette und knülle sie zusammen, verstecke sie unter dem Teller.

Das Spiel mit den Vertraulichkeiten

Heute abend ist es mir offensichtlich beschieden, ohne Abendessen zu bleiben. Da ich jedoch meinem Mann gesagt habe, ich würde nicht vor Mitternacht zurückkommen, und es jetzt erst kurz nach neun ist, mache ich Zwischenstation in einer Bar. Zu früh nach Hause zu kommen fordert die gleichen Fragen heraus, wie zu spät nach Hause zu kommen. Außerdem wird der Brandy mich beruhigen, Balsam auf meinen Wunden sein und mich den Hunger vergessen lassen.

Ich stelle fest, daß ich neben einer Frau sitze, die mir vage bekannt ist. Kristine, Krista, Krystel. Irgend so etwas. Allem Anschein nach freut sie sich, mich zu sehen, ist sogar freudig erregt. Ihr Verhalten entspricht dem Mineralwasser in ihrem Glas: sprudelnd, überschäumend und uninteressant. Sie erzählt mir von ihrer Reise nach San Francisco, wie sauber es dort ist, und daß die Leute so freundlich sind.

Eine Antwort darauf bleibt mir erspart, weil ich bemerke, wie sie den Hintern des Barkeepers beäugt. Um das Gespräch auf ein Gebiet wechselseitigen Interesses zu lenken, sage ich: »Im Bett ist er auch nicht übel.«

Ihre Nervenendungen scheinen hochzuschnellen wie der silbrige Ball in einem Flipperautomaten, wenn er wüst gegen die Prellblöcke knallt und abprallt. Sie wird munter: »Wirklich?«

»Wirklich«, sage ich.

»Und was ist passiert? Warum bist du nicht mehr mit ihm zusammen?«

Meine Affäre mit dem Barkeeper war nur von kurzer Dauer, weil wir, der Barkeeper und ich, während jener Minuten nach dem Sex, in denen man sich üblicherweise ein wenig unterhält, einen Gedanken oder ein Gefühl austauscht, wortlos blieben. »Trotzdem ist er der Mühe wert«, sage ich.

Übertrieben resigniert seufzt sie auf. »Ich bin fest mit jemandem befreundet. Wir sind praktisch verlobt.«

»Ach ja? So? Als ich den Barkeeper im Bett hatte, war ich erst sieben Wochen verheiratet. Praktisch die Flitterwochen.«

Sie nimmt diese Information auf wie ein Staubsauger, der einen Berg von Schmutz einsaugt. »Und triffst du dich jetzt noch mit jemandem?« fragt sie, »neben deinem Mann?«

Ich halte zwei Finger hoch. V für Victory. »Kennst du...« Ich sage den Namen des Multimediakünstlers.

»Ja! Nein! Ja, ich meine, persönlich kenne ich ihn nicht, aber ich kenne seine Arbeit. Er ist brillant. Wie ist er?« Sie ist so in Fahrt, daß ihre Brustwarzen sich aufgerichtet haben. Da sie wohl danach fragt, wie er im Bett ist, antworte ich: »Ein Langweiler.«

»Und warum triffst du dich dann mit ihm?« fragt sie, und ich lüge: »Weil er jemand ist.«

Sie nickt. Einen berühmten Lover zu haben gilt in manchen Kreisen als schick.

Da sie dieses Gerede als den Anfang von etwas mißversteht, als eine beginnende Beziehung zwischen uns, rutscht sie näher an mich heran, rückt ihren Barhocker direkt neben den meinen, als steckten wir unter einer Decke. Auch Männer haben schon so auf mich reagiert, sind von einer Verbindung ausgegangen, weil ich ein einziges, mickriges Mal mit ihnen geschlafen hatte, als wäre Sex etwas Einzigartiges, etwas Spezielles und nicht etwas absolut Übliches. »Dieser Typ, mit dem ich befreundet bin«, vertraut sie mir an, »ist wirklich nett zu mir. Und er verdient gut. Als Ehemann ist er bestimmt großartig, aber du weißt schon...« Sie will nicht mit der Sprache heraus: Im Bett ist er eine Niete.

»Dann solltest du daneben noch ein paar andere haben.«

»Das ist nicht so leicht, wie es bei dir klingt«, sagt sie, und ich gestatte mir, anderer Meinung zu sein: »Doch, das ist es.« Ich leere den letzten Tropfen Brandy und Kristine, Krista, Krystel greift nach dem Geldbeutel. »Ich gebe eine Runde aus.«

»Nein danke. Ich muß gehen.« Ich möchte nicht, daß sie mir einen Drink spendiert.

»Hey«, plötzlich springt eine großartige Idee sie an – zack – wie wenn ein Gummiband losschnellt. »Wie wär's, wenn wir uns Samstag treffen? Zusammen einkaufen. Etwas zu Mittag essen.«

»Ich habe zu tun«, sage ich ohne Bedauern. Auch biete ich keinen Ersatztermin an, und noch nicht einmal ein *irgendwann einmal*.

Weil sie die ausgetauschten Vertraulichkeiten für tief und gewichtig hält, ist sie keineswegs entmutigt und nimmt eine Papierserviette vom Stapel. »Dann sag mir doch deine Telefonnummer.« Den Stift in der Hand wartet sie. »Ich ruf dich an.«

Eine meiner eisernen Regeln lautet: Niemals die Telefonnummer wider Willen herausrücken.

Herzversagen

Der Multimediakünstler ist tot. Er ist gestorben. Er ist an Herzversagen gestorben. Das lese ich in der Zeitung, der ›Times‹, die mir wie ein böses Omen zur Tür gebracht wurde. Es ist mein Multimediakünstler, der tot ist. Nicht irgendein anderer Multimediakünstler. Dessen bin ich mir sicher, weil neben seinem Nachruf auch sein Bild abgedruckt ist. Es hat mich erschreckt, denn nach der Fotografie zu urteilen, könnten wir Zwillinge sein, und es ist so, als schaute ich gerade meine eigene Todesanzeige an.

Der Nachruf liest sich wie eine verkürzte Fassung seines Lebenslaufes, eine Auflistung seiner Installationen, Ausstellungen und Performances. »Die Kunstwelt hat einen großen Verlust erlitten«, wird der behandelnde Arzt zitiert, der als Todesursache die Ruptur eines Aortenaneurysmas nennt, das durch eine angeborene Anomalie der Gefäßstruktur bedingt war. Der Multimediakünstler ist, war, muß berühmter gewesen sein, als ich dachte.

Da ich nicht wirklich weiß, wie die Ruptur eines Aortenaneurysmas aussieht, stelle ich mir vor, sein Herz sei aufgerissen wie ein von einer Glasscherbe oder einem scharfen Stein aufgeschlitzter Fahrradreifen. Und hier hatte ich gesessen und ihn böse verflucht, weil er mich nach seiner Rückkehr nicht anrief. Ich hatte mir Sorgen gemacht, mich gequält, weil ich befürchtete, er könne vielleicht mich fallenlassen, bevor ich die Gelegenheit hatte, ihn fallenzulassen, und seine Nachricht, daß ich ihm fehle, sei nur eine grausame Farce gewesen. Jetzt weiß ich, daß er mich deshalb nicht angerufen hat, weil er im Alter von siebenunddreißig Jahren in der Linienmaschine von Washington nach New York gestorben ist.

So, wie beim EKG oder beim Test mit einem Lügendetektor Zeichen und Linien dem Getrippel von Vogelfüßen gleich übers Papier laufen, hinterlassen meine Gedanken jetzt Spuren in meinem Hirn, eine bestimmte Art von Gedanken, wie ich sie auch hätte, wenn er gar nicht wirklich tot wäre: Herzversagen? Ich wußte nicht, daß er ein Herz hatte. Es ist anzunehmen, daß es fehlerhaft war. Er würde vor Empörung sterben, wenn er wüßte, daß ein Schwachpunkt von ihm in der ›Times‹ kommentiert wird, selbst wenn es nur sein Herz ist und nicht etwas, was die Kritiker aufs Korn nehmen. Andererseits wäre er sehr erfreut und geschmeichelt, wenn er erführe, was für ein langer und eindrucksvoller Nachruf ihm gewidmet wurde, die Art von Zeitungsartikel, die er ausschneiden, kopieren und in seinen Publicityordner einheften würde.

Ich frage mich, ob er so weitsichtig war, ein Testament zu verfassen, und ob er mir vielleicht eine Kleinigkeit vermacht hat. Vielleicht hat er mir diese potthäßlichen Wandtafeln mit dem roten Dialog hinterlassen. Schließlich habe ich sie inspiriert. Sie könnten mir immerhin etwas bedeuten. Und wenn nicht, dann sollten sie wohl eine hübsche Stange Geld wert sein. So ist die Welt der Kunst. Es gibt nichts Besseres als das vorzeitige Ableben des Künstlers, um den Wert seines Werkes in die Höhe schnellen zu lassen.

Der Nachruf schließt mit der Bemerkung: »Die Totenfeier wurde im Zentrum Reformierter Juden in Minneapolis abgehalten.«

Das Begräbnis ist vorbei, erledigt. Die Leiche ist im Boden. Juden und selbst reformierte Juden – eine Gruppe, deren Denken einer gesellschaftlichen Vereinigung näher kommt als einer Religion – lassen die Leiche nicht kalt werden, bevor sie sie begraben.

Hätte ich früher von seinem Tod erfahren, wäre ich vielleicht hingegangen, nicht in dieses Reform-Zentrum, aber zum Friedhof. Ich stelle mir einen einsamen jüdischen Friedhof in Minneapolis vor, alt und vergammelt, mit schiefstehenden, abgesplitterten Steinen wie ein Friedhof in einem verfallenden Bergdorf. Ein paar alte Juden würden fröstelnd um das Grab herumstehen und mit hochgezogenen Schultern dem Winter in Minnesota trotzen, der wie die Winter in Warschau ist, wie die Winter ihrer Jugend, ihrer Heimat.

Gestern in einem Jahr wird die Grabsteinsetzung stattfinden. Dieses Datum merke ich mir, halte es im Gedächtnis fest. Dreihundertundvierundsechzig Tage verbleiben mir, die Bruchstücke zusammenzuklauben, bevor sie sich wieder zerstreuen. Ich habe ein Jahr weniger einen Tag, um herauszufinden, ob ich über seinen Tod trauere oder ob ich Trauer nur vorgebe. Zeit und Entfernung werden gestatten, daß die Wellen hoch gehen und sich wieder legen. In einem Jahr sollte ich wissen, woher diese Beunruhigung gekommen ist, die sich auf mich und mein Leben gelegt hat. Dann sollte mir klarer sein, ob wir, der Multimediakünstler und ich, wirklich begonnen hatten, etwas füreinander zu empfinden, ob wir auf dem Weg zum Verstehen und vielleicht sogar zur Liebe waren. Oder haben unsere Herzen wirklich versagt?

Schwarzweiß

In der Nacht hat es geschneit. Es ist der erste – und so spät im Jahr vielleicht auch der letzte – Schnee dieses Winters. Aus dem Küchenfenster schaue ich auf den stillen Hof. Die Bäume wirken metallisch, der Boden vor dem grauen Hintergrund frisch. Das könnte Vermont sein, Maine, Bialystok, ein friedlicher Ort, ein Ort, an den ich nicht gehöre.

Von diesem Fenster wechsle ich zu einem anderen Fenster, dem Wohnzimmerfenster. Hier hat man einen völlig anderen Ausblick. Der Schnee ist vermatscht, zu Schlamm zertreten, zerstampft und gelb von Hundepisse. Nur der Himmel ist derselbe. Ein tiefhängender, schiefergrauer Himmel, als wäre es mit dem Schnee noch nicht vorbei, als würde es jeden Augenblick wieder zu schneien beginnen. Ein solcher Himmel macht aus allem, was darunter ist, eine Fotografie, ein Standfoto in Schwarzweiß.

Dies ist die Art von Tag, an dem es mich drängt, den Mann meines Lebens anzurufen, ihm vorzuschlagen, daß wir ins Bett gehen, zu sagen: »Ich bringe Erdbeeren und Champagner mit.« Er würde, da bin ich mir sicher, die Erdbeeren, den Champagner und den Sex ablehnen. Als wäre ich ein liebes Kind und trotzdem eine Nervensäge, würde er antworten: »Nun, nun. Du weißt doch, daß das nicht geht.«

Es geht nicht, weil er sich selbst jedes Vergnügen verbietet. Er lebt von Trostlosigkeit und Leid, braucht sie zum Überleben. Treu hält er an dem Glauben fest, daß er nicht das Recht hat, es sich gutgehen zu lassen.

Dennoch gebe ich ihn nie völlig auf. Vielleicht nehme ich von Zeit zu Zeit ein wenig Abstand, doch ein Rückzug ist nicht das gleiche wie eine Kapitulation. Und so könnte ich fortfahren: »Wie wäre es dann mit einer Tasse Kaffee? Kann ich dich an einem so düsteren Tag vielleicht dazu verlocken, mit mir einen Kaffee trinken zu gehen?«

»Du verlockst mich an jedem Tag.« Eine solche liebenswürdige und dämliche Wegwerfzeile gibt er zu solchen Gelegenheiten von sich. Daß er sich angesichts der Realität diese Mühe macht, das liebe ich an ihm. Die Realität ist: Ich verlocke ihn nicht jeden Tag. Ich verlocke ihn selten, und insbesondere dann nicht, wenn der Himmel blau und die Sonne golden ist. Außer bei den Gelegenheiten, wenn wir einen Film anschauen und uns im dunklen Kino treffen, sehen wir uns nur an Regentagen, oder an späten Novembernachmittagen, wenn alles einen Stich ins Violette hat. Nie habe ich sein Gesicht von der Sonne übergossen gesehen, und niemals eine warme Berührung seiner Hände gespürt.

Der Mann meines Lebens lebt in einer Schwarzweißwelt. Er kleidet sich in Grau- oder Beigetönen. Unfarben, nicht einmal ein grüner Streifen in seiner Krawatte ist erlaubt. Und natürlich ist er ein Todfeind der Nachkolorierung von Schwarzweißfilmen. Er hat Hunderte von Artikeln geschrieben, in denen er sowohl die Technik als auch die Ergebnisse anprangert. Es ist, als wolle er nicht, daß irgend etwas Farbe hat. Nicht einmal Blumen, Vögel oder Schmetterlinge. Die einzige Farbe, die er gestattet, ist ein gelegentlich hervorbrechendes Rot, denn meinen Lippenstift hat er gelobt.

Einmal wollte ich ihm deutlich machen, was für einen erotischen Anblick wir bieten würden, und sagte: »Zusammen sehen wir aus, als wären wir aus so einem Dreißiger-Jahre-Film herausgetreten, wo man, obwohl man es nicht konkret zu sehen bekommt, dennoch weiß, daß der Held und die Heldin überspannt und lasterhaft sind. Wir sehen so aus, als fänden wir es total geil, wenn du mich an Hand- und Fußgelenken an die Bettpfosten fesselst.«

»Wirklich?« fragte er, als wüßte er es nicht.

Ich nehme das Telefon, halte den Hörer gegen die Brust und wähle seine Nummer, doch gerade da durchbricht ein Sonnenstrahl den schiefergrauen Himmel. Noch bevor er abnimmt, lege ich auf, denn plötzlich ist der Tag kein Schwarzweißtag mehr.

Früh am nächsten Morgen

Als hätte der Sonnenstrahl des vorangegangenen Tages die Welt erwärmt, liegt ein Hauch von Frühling in der Morgenluft. Frisch, taufeucht und voller Versprechungen. Auf Telefondrähten hüpfen kleine Vögel herum und tschilpen gefühlsselig.

Ich bin aber nicht in der Verfassung, irgend etwas zu würdigen. Schlapp und gereizt bin ich, habe meinen Morgenkaffee noch nicht gehabt, weil mir die Zigaretten ausgegangen sind. Das eine ohne das andere ist undenkbar.

Als ich links abbiege, warnt mich ein Instinkt, irgend etwas Ursprüngliches: Achtung. Im nächsten Hauseingang lauert etwas – Ärger, Gefahr.

»Ich muß mit dir sprechen.« Der Killer springt heraus und stürzt sich auf mich.

Bis jetzt habe ich den Killer nie am Morgen, am frühen Morgen gesehen. Er paßt nicht zu dieser Zeit. Vor dem weiten, blauen Himmel hebt er sich ab wie eine schwarze Sturmwolke. Er ist unrasiert, auf seinem Gesicht liegt ein blauer Schatten von Stoppeln, und plötzlich kommt mir der Gedanke, daß er vielleicht Tage und Nächte in diesem Hauseingang darauf gewartet hat, daß ich herauskomme. Ich frage ihn nicht, ob es stimmt, weil ich mich nicht mit dem Wissen belasten will, wie weit er geht.

»Ich bin eine Fotze«, erinnere ich ihn. »Warum willst du mit einer Fotze sprechen?« Nach außen hin bleibe ich cool, in Wirklichkeit aber bin ich verstört. Teile von mir zittern. Die Rippen klappern mir im Leib wie falsche Zähne. Mein Herz hämmert. Ich mag es nicht, wie er in mein Territorium eingedrungen ist, wie er sich, als keiner hinsah, in meinem Gebiet eingenistet hat, ähnlich dem Übergreifen Chinatowns auf die Mulberry Street.

»Wohin gehst du?« Er läuft neben mir her.

»Zigaretten holen«, antworte ich, gehe aber am Kiosk vorbei.

»Ohne dich halte ich es nicht aus«, sagt er. »Diese Tage ohne dich bringen mich um. Wenn du wegbleibst, muß ich sterben.«

Da dies schon mehr als einmal geschehen ist – eine Weile von mir getrennt, und plötzlich ist ein Mann tot –, kann ich diese Behauptung nicht einfach so abtun, aber ich kann auch nichts darauf geben. Also halte ich mir mit beiden Händen die Ohren zu.

»Komm schon«, er zerrt eine meiner Hände weg. »Hör zu. Bitte. Bitte, laß uns reden. Geh nicht von mir weg. Ich brauche dich. Hör zu, was bleibt mir noch? Fünfundzwanzig oder dreißig Jahre maximal?« Wie ein Buchmacher spricht er von seiner eigenen Sterblichkeit, als sollte ich einen Blauen gegen sein Leben wetten. »Dreißig Jahre, ohne dich zu sehen, das würde ich nicht überleben. Ohne dein Gesicht zu sehen, deine Stimme zu hören, deine Muschi zu schlecken.«

Meine Muschi schlecken. Diese Art Reden macht mich weich. Ich beiße mir auf die Lippen.

»Schau mich an«, bittet er. »Schau mich doch an.«

Selbst wenn ich ihn anschauen wollte, würde ich es nicht tun. Ich bin noch nicht ich selbst. Habe mein Make-up noch nicht aufgelegt. Bin noch nicht bereit, der Welt oder dem Killer ins Auge zu sehen.

»Weißt du«, sagt er, als könnte er Gedanken lesen, »ohne Make-up bist du genauso schön. Eine andere Art von Schönheit, aber noch immer raubst du mir den Atem.«

»Als Fotze.« Ich lasse es nicht fallen. Kann es nicht

fallenlassen. Es ist alles, was ich habe, um eine gewisse Distanz zwischen uns aufrechtzuerhalten.

»Sei nicht unfair, bitte. Es tut mir leid. Es tut mir wirklich leid. Ich war wütend.«

Ich beachte ihn nicht, und da ich nicht weiß, was ich tun oder wo ich hingehen soll, schlage ich den Weg zur U-Bahn ein. Er folgt mir die Treppe hinunter, doch er hat keinen Chip parat. Meinen werfe ich beim Drehkreuz ein, betrete den Bahnsteig und verliere mich in der Menge.

»Hör doch«, schon wieder ist er an meiner Seite, so wie einem ein schlechtes Gewissen keine Ruhe läßt. »Du bist die einzige Frau, die ich je geliebt habe. Ich lasse es nicht zu, daß du dich einfach davonmachst.«

»Laß mich los«, verlange ich, obwohl er mich gar nicht angefaßt hat.

»Nein«, sagt er, »ich lasse dich nicht los. Niemals.«

Eine Bahn fährt ein, und in dem Geschiebe und Gedränge der Aus- und Einsteigenden gelingt es mir, mich vom Killer zu lösen. Über den Lärm des Stoßverkehrs hinweg ruft er mir zu: »Geh nicht weg. Bitte, geh nicht weg. Bleib bei mir.«

Ich bin im Wagen, und der Zug hustet, ruckt und rollt an, doch plötzlich öffnen sich die Türen noch einmal, und der Killer schafft es, sich hineinzuquetschen und neben mich zu stellen. Er nimmt meine Hand in die seine, und der Zug verläßt die Station in Richtung Flatbush Avenue, Brooklyn.

Den Kuß nicht geben

Auf dem Weg nach draußen schaue ich in den Briefkasten. Die Rechnungen lasse ich für meinen Mann liegen. Die Ansichtspostkarte ist an mich adressiert. Es ist ein kitschiges Foto von mit Seilzügen und Skiliften überfrachteten schneebedeckten Bergen. Eine rote Fahne – *Skiurlaub in Utah* – schneidet einem Mann das Knie ab. Die Karte ist von den Kessel-Schwestern. Sie sind auf den Pisten in Utah. *Utah?* Diese Karte ist absurd, völlig unverständlich. Die Kessel-Schwestern fahren nicht Ski. Von der Jüngsten wird berichtet, daß sie in der Kälte gewimmert und um Wärme gefleht hat. Und warum haben sie mir nicht gesagt, daß sie in Urlaub fahren? Oder mich eingeladen?

Einen halben Block weiter zerreiße ich die Postkarte in drei Teile und werfe die Stücke auf den Bürgersteig.

Ich gehe wie von fremder Kraft gelenkt, nicht aus eigenem Antrieb. Schicksalergeben schleppe ich mich dahin. Die Wahrheit ist: Am liebsten würde ich umkehren, nach Hause gehen, allein sein. Ich möchte nicht mit dem Killer zusammen sein, aber ich habe nicht den Mumm, es ihm zu sagen. Wie sehr ich unser Zusammensein auch fürchte, ist es im Moment doch einfacher für mich, zu ihm zu gehen, als unsere Verabredung nicht einzuhalten oder unsere Affäre zu beenden. Wie dumm, daß ich nicht durchgehalten habe, nicht bei meinem Wort geblieben bin: *Keiner nennt mich eine Fotze.* Jetzt hat er sich wieder in mein Leben eingeschlichen.

Ich erlaube ihm, mich zu küssen, und lasse mich dann an ihm vorbei, plop, in einen Sessel fallen. »Ich muß wohl alt werden«, sage ich. »Ich habe es kaum diese Treppen hochgeschafft. Ich bin völlig außer Puste.« Dann erzähle ich: »Die Kessel-Schwestern sind zum Skiurlaub nach Utah gefahren. Sie haben mich nicht eingeladen mitzukommen.«

»Na und?« sagt der Killer. »Du wärst doch sowieso nicht mitgefahren. Oder?«

»Wahrscheinlich nicht. Aber trotzdem, findest du das nicht seltsam? Die Kessel-Schwestern zum Skifahren in Utah?«

»Ach was, scheiß drauf.« Der Killer will nicht, daß irgend jemand zwischen uns kommt, nicht einmal als Gesprächsthema.

Ich gähne. »Ich bin wirklich müde.« Wieder gähne ich.

»Ich mache dir einen Kaffee.« Er reißt sich darum, mich zu bedienen. »Eine Tasse starken Kaffee. Okay?«

»Ja«, sage ich. Ein Koffeinstoß bringt mich vielleicht wieder auf die Beine, gibt mir die Energie für alle eventuell bevorstehenden Aktionen.

Als hätte ich für einen Moment das Bewußtsein verloren, steht er plötzlich vor mir und hält mir eine Tasse Kaffee hin. Ich bin zu schlapp, die Hand auszustrecken und ihm die Tasse abzunehmen, und habe auch nicht mehr die Kraft, sie zu halten und an die Lippen zu führen. »Stell sie hin«, sage ich schwach. Mühsam zwinge ich die Augen auf, doch sie fallen mir wieder zu, als würde ich hypnotisiert, als ließe der Killer eine Taschenuhr rhythmisch wie ein Metronom vor mir hin- und herpendeln und spräche dabei: *Du bist müde. Ganz müde.* »Ich weiß nicht, was mit mir los ist«, erkläre ich. »Ich bin total erschöpft.«

»Mein armes Baby«, der Killer trieft vor Mitleid. »War der Vormittag anstrengend?«

»Nein.« Für diese Müdigkeit gibt es keine Erklärung, aber mit einer der Narkolepsie vergleichbaren Intensität überwältigt mich das Bedürfnis nach Schlaf.

»Ich sollte nach Hause gehen.« Der Versuch, mich mit Hilfe der Armlehnen hochzustemmen und aus dem Sessel zu hieven, mißlingt mir. Als wäre der Sessel ein Mohnfeld, sinke ich zurück.

»Hier«, der Killer deckt das Bett auf, zieht das Überlaken zurück und schüttelt die Kissen auf. »Komm«, sagt er. »Schlaf doch. Mach ein Nickerchen.«

Wir wissen beide ganz genau, was Sache ist, wenn ich in seinem Bett bin, daß wir dann Dinge anstellen, die mit Nickerchen nichts zu tun haben. »Ich verspreche dir«, er hält die Hände hoch, damit ich sehe, daß sie leer sind, daß er nichts in der Hinterhand hält, »ich werde dich nicht anrühren. Komm schon. Schlaf doch.«

Schlafen ist eine zu große Versuchung, und ich lasse zu, daß er mir aus dem Stuhl ins Bett hilft. Er zieht die Bettdecke über mich, streicht sie glatt und kuschelt mich ein. »Träum süß«, sagt er und küßt mich auf den Kopf.

Die Augen fallen mir zu, und der Schlaf schwemmt über mich hinweg wie die Flut über den Sandstrand. Ich treibe hinein, denke: Schlafen. Schlafen. Ich möchte schlafen, stundenlang schlafen.

Es könnte ein Traum sein, nur bin ich mir sicher, daß es keiner ist. Ich fühle, wie der Killer meine Wange berührt, höre, wie er mir ins Ohr flüstert: »Dornröschen. Mein Dornröschen«, und schieße im Bett auf. Jetzt bin ich hellwach, auf der Hut und gewarnt. Wie dumm von mir, ihm zu trauen. Es ist zu gefährlich, nie darf ich im Bett des Killers einschlafen. Ich würde zu tief, zu fest schlafen, und dieser Hundesohn würde mir den Kuß vorenthalten, mit dem er mich aus dem Schlaf erwekken sollte, und so könnte er mich für immer und ewig bei sich behalten, hier bei sich in seiner Höhle.

Alles geht vorüber

Angefangen hat es mit der Müdigkeit. Jetzt spüre ich ein Kitzeln im Hals. Eine juckende Stelle, an der ich mich nicht kratzen kann. Meine Muskeln schmerzen. Mir wird heiß, dann wieder fröstelt mich. Meine Augen sind glasig, als hätte ich Medikamente eingenommen.

Wenn etwas angestoßen wird, wenn Masse sich mit Geschwindigkeit multipliziert, dann gewinnt sie an Schwung. Und dann kann, so Newtons Gesetz der Schwerkraft, ob es sich nun um einen Apfel handelt, der vom Baum fällt, oder um einen Mann, der aus einem Fenster stürzt, nur ein unverrückbarer Widerstand – zum Beispiel der Erdboden – den Körper aufhalten. Oder, wie in meinem Falle, ein Bett. Wenn eine Grippe einmal in Gang gekommen ist, kann man sich nur noch auf ihren Aufprall vorbereiten.

Und so treffe ich Vorkehrungen: Lege eine zusätzliche Decke aufs Bett, suche die Fernbedienung des Fernsehers, ziehe mich aus und schlüpfe in den Flanellschlafanzug mit Paisleymuster, den ich vor Monaten für diesen Fall, daß mich eine Grippe erwischt, gekauft habe.

Der Killer nimmt das Telefon ab, bevor noch das erste Klingelzeichen verklungen ist, als kreiste er über dem Telefon wie ein Geier über einem verendenden Rind.

»Ich bin krank«, verkünde ich. »Ich habe Grippe.«

»O nein. O verdammt, Baby. Es tut mir leid. Es tut mir schrecklich leid.«

»Es ist nur eine Grippe«, sage ich nachdrücklich. »Ich liege nicht im Sterben.«

»Ja, ja. Natürlich. Bald bist du wieder gesund. Bald geht's dir wieder gut. *Passe tutti*«, sagt er. »Alles geht vorüber. Das heißt also wohl«, fragt er, »daß du heute nicht kommen kannst?«

Ich beiße die Zähne zusammen. »Das ist richtig. Heute kann ich nicht kommen.«

»Brauchst du irgend etwas?« Der Killer fragt, ob er etwas für mich tun kann, Trost spenden oder für mich einkaufen. »Aspirin? Hast du Aspirin? Und Suppe? Heiße Suppe tut gut. Und Saft? Hast du Saft im Kühlschrank?« Manchmal vergißt der Killer, daß ich einen Mann habe, daß ich nicht allein lebe.

»Ja, ich habe mehr als genug Saft. Ich brauche nichts.« Dennoch danke ich ihm für sein Angebot und verspreche, ihn anzurufen, falls mir etwas fehlt.

Nachdem er eine Weile herumgestottert hat, fragt er: »Was ist mit morgen? Denkst du, morgen geht es dir gut genug, um dich mit mir zu treffen? Was meinst du?«

»Alles geht vorüber«, antworte ich.

Dann schreibe ich einen Zettel für meinen Mann: Ich habe Grippe. Bitte weck mich nicht. Kannst du mir ein paar Kartons Orangensaft und ein Fläschchen Aspirin besorgen? Danke.

Ich lege den Zettel auf den Küchentisch und schaue in den Vorratsschränken nach, ob ich eine Dose mit Suppe habe. Der Killer hatte recht. Heiße Suppe würde mir jetzt guttun, aber es ist keine da. Wenn die Kessel-Schwestern nicht zum Skifahren in Utah wären, würde ich sie bitten, Suppe für mich zu kochen, zu dritt im Kochkessel zu rühren.

Und so vergeht die Zeit, vergehen die Tage: Ich schlafe. Ein tiefer, erholsamer Schlaf, als wäre ich ein unschuldiges Kind. Hin und wieder wache ich auf, werfe Aspirin nach, trinke Saft und lasse ein paar Minuten von ›General Hospital‹, ›Jeopardy‹ oder ›The

Love Connection‹ an mir vorbeiflimmern – das Leben einer Katze.

Am dritten Tag wird die Grippe nicht besser, sondern nimmt eine Wendung zum Schlimmeren. Das Fieber steigt, schießt hoch und immer höher, als kochte mir das Blut. Mein Mund ist ausgetrocknet, die Lippen sind rissig. Aus Angst, ich könnte Blut spucken, unterdrücke ich ein Husten. Jetzt mache ich mir Sorgen, daß ich vielleicht nicht nur eine einfache Grippe aufgelesen habe, sondern Scharlach, Tuberkulose oder beidseitige Lungenentzündung. Scheinbar gesunde Menschen können praktisch ohne Vorwarnung sterben. Aus dem Dunkel kann eine verirrte Kugel kommen und einen treffen.

Ich gleite weg, nicht in den Schlaf, sondern aus einem bewußten Zustand ins Delirium. Die Dinge, von denen ich träume, sind keine Träume, sind zu lebhaft, um Träume zu sein, und außerdem schlafe ich nicht, als ich drei weiße Kaninchen dabei beobachte, wie sie einen Berg hochklettern, auf dessen Spitze die alte Frau aus dem B & H, die Großmutter im Wolfspelz, von einem glühenden Heiligenschein umgeben mit ukrainischen Ostereiern jongliert, als wären es heiße Kartoffeln. »A soj gejt es«, sagt sie zu mir.

»Sprechen Sie Englisch«, bitte ich sie. »Sprechen Sie Englisch mit mir.«

»So ist es«, übersetzt sie. »Sieh, wie es ist«, und ein Spiegel ist in meiner Hand, in meiner linken Hand, ein altmodischer Spiegel mit Silbergriff.

Ich erwarte, mich selbst darin zu sehen, aber statt dessen schaut mir der Multimediakünstler daraus entgegen. »Schlechtes Timing«, sagt er. »Die ganze Woche ist schon voll, aber laß mich in meinen Terminkalender schauen. Vielleicht kann ich dich noch irgendwo reinquetschen.« Er verschwindet aus dem Spiegel, und der Mann meines Lebens ist da, hier an meiner Seite, an meinem Krankenbett. Er küßt mich auf Stirn, Augen, Mund und Hals. Küsse wie Zitronenbonbons. Ich nehme seine Hand und ziehe die Fingerspitzen und die Handfläche mit der Lebenslinie an meine Lippen. Auf der Innenseite seines Unterarms küsse ich eine nach der anderen die sechs der großen Armvene entlang eintätowierten Ziffern. Diese Ziffern sind das einzige, was aus seiner Kindheit übriggeblieben ist.

Alles wird schwarz, ich kann ihn nicht mehr finden. Ich rufe nach ihm, und gleich einer lautlosen Explosion flammt ein strahlendes Licht auf. In der Ferne erkenne ich das World Trade Center und schaue zu, wie ich aus einem Fenster falle, aber nicht unten aufschlage.

Ich weine um die verlorenen Wurzeln, um das, was verschwunden ist, was ich nicht zurückholen kann. Als ich aufwache, ist mein Gesicht naß von Tränen und dem Schweiß des überwundenen Fiebers. Ich habe einen klaren Kopf. Der Schmerz ist weg. Ich bin wieder gesund. Es geht mir nicht nur besser, nein, ich bin geheilt, gerettet.

Dankbar hört der Killer, daß ich genesen bin, keinen Schaden genommen habe. »Du hast mir gefehlt«, sagt er. »Du hast mir schrecklich gefehlt. Tagelang bin ich mit diesem enormen Steifen rumgelaufen. Wann kann ich dich sehen? Ich muß dich sehen.« Er hofft sehnlichst, daß ich *Jetzt sofort. Gleich bin ich bei dir* sage, doch ich erkläre ihm, daß das nicht klug wäre. »Wahrscheinlich bin ich noch ansteckend.«

»Scheiß auf die Klugheit. Ich will deine Viren. Selbst deine Viren sind für mich schön, und ich will sie. Ich will alles an dir.«

»Ja«, antworte ich. »Ich weiß. Und es ist zwar edel von dir, aber auch dumm. Diese Grippe haut einen um. Glaub mir«, sage ich, »du willst sie nicht.«

»Ich verstehe«, sagt er, und ich frage mich, ob er versteht, ob er weiß, daß es vorbei ist, daß alles vorbei ist, daß er mich niemals mehr haben wird.

Unter der Dusche lasse ich Schweiß, Schlaf, Alpträume und Gesichte vom Wasser wegspülen. Lange Zeit lasse ich es über mich hinschwemmen, bis ich mich frisch fühle, gereinigt und geläutert. Dann trockne ich mich ab, ziehe mich an und gehe nach draußen.

Gegenüber seinem Haus – diesem an kommunistische Plattenbauten erinnernden Hochhaus, das der Mann meines Lebens sein Zuhause nennt – liegt ein Schulhof. Dort lehne ich mich gegen den Maschendrahtzaun. Wie Flügel halte ich die Arme ausgebreitet, doch versuche ich nicht loszufliegen, sondern bleibe stehen und schaue einer Wolke zu, die über den Himmel treibt. Spatzen schießen von einem Telefondraht zum nächsten, als wäre die Landung nur das Sprungbrett für den nächsten Flug. Menschen kommen von irgendwoher und gehen irgendwohin. Ich aber, eine Absonderlichkeit inmitten des Wandels, ein unbeweglicher Widerstand, bleibe still stehen, und der Sonnenschein umfängt mich, bis, wie alles andere, auch das Tageslicht vorübergeht.

Matt Ruff:
Fool on the Hill

Nicht zu fassen, was an amerikanischen Universitäten alles passiert, jedenfalls wenn man diesem haarsträubenden Campus-Roman glauben darf, in dem der junge Schriftsteller S. T. George einen Drachen steigen läßt und sich in die schönste Frau der Welt verliebt, der Kobold Puck der Elfe Zephyr nachjagt und Blackjack und Luther in den Himmel für Katzen und Hunde aufbrechen. Ein Märchen? Eine Love-Story? Ein Heldenepos für Freunde von Hobbits und Kobolden? Eine Shakespeare-Parodie? Ein Schauerroman? All das und noch viel mehr ist der »Narr auf dem Hügel«.

dtv 11737

T. C. Boyle
im dtv

World's End
Roman · dtv 11666

Ein fulminanter Generationenroman um den jungen Amerikaner Walter Van Brunt, seine Freunde, seine holländischen Vorfahren, die sich im 17. Jahrhundert im Tal des Hudson niederließen, und die Indianer dort.

Greasy Lake und andere Geschichten
dtv 11771

Geschichten von bösen Buben und politisch nicht einwandfreien Liebesaffären, von Walen und Leihmüttern – mit wenigen Strichen umreißt Boyle das Amerika der siebziger Jahre.

Grün ist die Hoffnung
Roman · dtv 11826

Drei schräge Typen wollen in den Bergen nördlich von San Francisco Marihuana anbauen, um endlich ans große Geld zu kommen. Aber die Natur ist widerspenstig – und Hanf ist ein empfindsames Pflänzchen ...

Wenn der Fluß voll Whisky wär
Erzählungen · dtv 11903

Vierzehn Geschichten aus Amerika: vom Kochen und von Alarmanlagen, von Fliegenmenschen, mörderischen Adoptivkindern, dem Teufel und der heiligen Jungfrau.

Willkommen in Wellville
Roman · dtv 11998

1907, Battle Creek, Michigan. Im Sanatorium des Dr. Kellogg läßt *man* sich mit vegetarischer Kost von seinen Zipperlein heilen. So auch Will Lightbody. Einziger Lichtblick dort ist Schwester Irene. Doch Sex hält Dr. Kellogg für die schlimmste Geißel der Menschheit ...

Der Samurai von Savannah
Roman · dtv 12009

Als der japanische Matrose Hiro Tanaka irgendwo vor der Küste Georgias von Bord seines Frachters springt, trägt er außer einem Rettungsring nicht viel bei sich. Was ihm in Amerika blüht, hat er sich freilich nicht träumen lassen.